AF561531

Sous le pommier fatal, dont le tronc-squelette *rappelle la déchéance de la race humaine, s'épanouissent les* sept péchés *capitaux, figurés par des plantes aux formes et aux attitudes symboliques. Le serpent, enroulé au bassin du squelette, rampe vers ces* Fleurs du mal, *parmi lesquelles se vautre le* Pégase macabre, *qui ne doit se réveiller avec ses chevaucheurs que dans la vallée de Josaphat.*

Cependant une chimère noire enlève au-delà des airs le médaillon du poète, autour duquel des anges et des chérubins font retentir le Gloria in excelsis!

L'autruche en camée, qui avale un fer à cheval au premier plan de la composition, est l'emblème de la vertu se faisant un devoir de se munir des aliments les plus révoltants : Virtus durissima coquit.

F. R.

LE TOMBEAU

de

CHARLES BAUDELAIRE

ŒUVRES :

Les Fleurs du Mal
Curiosités Esthétiques
L'Art Romantique
Petits Poëmes en prose

TRADUCTIONS D'EDGARD POË

Histoires extraordinaires
Nouvelles Histoires extraordinaires
Aventures d'Arthur Gordon Pym

CALMANN LÉVY, Éditeur

CHARLES BAUDELAIRE

(Photog. Nadar, tirée à 1 épreuve).

LE TOMBEAU

DE

Charles Baudelaire

OUVRAGE PUBLIÉ AVEC LA COLLABORATION DE

STÉPHANE MALLARMÉ

MICHEL ABADIE, EMILE BLÉMONT, VIVIANE DE BROCÉLYANDE, JUDITH CLADEL, SOPHUS CLAUSSEN, FERNAND CLERGET, FRANÇOIS COPPÉE, JULES CLARETIE, HENRI DEGRON, LÉON DIERX, JACQUES DES GACHONS, STEFAN GEORGE, A.-F. HÉROLD, GUSTAVE KAHN, CAMILLE LEMONNIER, PIERRE LOUYS, S. P. MASSONI, LOUIS MÉNARD, DAUPHIN MEUNIER, NADAR, EDMOND PICARD, EDMOND PILON, Y. RAMBOSSON, HUGUES REBELL, HENRI DE RÉGNIER, JEAN RICHEPIN, LÉON RIOTOR, EDOUARD ROD, GEORGES RODENBACH, ALBERT SAINT-PAUL, AURÉLIEN SCHOLL, E. SIGNORET, ARMAND SILVESTRE, LOUIS MOISSENET, GABRIEL SOULAGES, ANDRÉ VEIDAUX, EMILE VERHAEREN & FRANCIS VIÉLÉ-GRIFFIN ;

précédé d'une étude sur les textes de

LES FLEURS DU MAL

Commentaire et Variantes, par le prince ALEXANDRE OUROUSOF

et suivi d'œuvres posthumes, interdites ou inédites de Charles Baudelaire recueillies par les soins de MM.

le Vicomte Ch. Spoelberch de Lovenjoul, prince Alexandre Ourousof, Louis de St-Jacques et Vicomte Aug. Gilbert de Voisins.

FRONTISPICE de FÉLICIEN ROPS

PARIS

BIBLIOTHÈQUE ARTISTIQUE & LITTÉRAIRE

(Editions de la Société Anonyme « *La Plume* »)

31, RUE BONAPARTE, 31.

—

1896

JUSTIFICATION DU TIRAGE

Désignation des papiers & des prix

30 *Exemplaires sur papier des manufactures impériales du Japon, avec un portrait inédit et deux frontispices par F. Rops et Ch. Baudelaire :* **Quarante francs.** — *Numérotés de 1 à 30.*

15 *Exemplaires sur papier de Chine, avec un frontispice par Rops, un portrait inédit et la reproduction dans le texte d'un dessin de Ch. Baudelaire :* **Trente fr.** — *Numérotés de 31 à 45.*

200 *Exemplaires sur vélin d'Angoulême, avec frontispice par Rops :* **Douze fr.** — *Num. de 46 à 245*

LISTE DES SOUSCRIPTEURS

Exemplaires sur papier du Japon :

1. Léon Deschamps, Paris.
2. Frédéric Raisin, Genève.
3. Rémy Salvator, Marseille.
4. Louis Pocat, Grenoble.
5. Georges Pochet, Paris.
6. Groulard, Bruxelles (pr E. Deman)

7. 8. 9. 10. 11. 12. Edmond Deman, lib. Bruxelles.

13. 14. 15. 16. Bernoux et Cumin, libr. Lyon.

17. Jean Richepin, Paris.
18. Pagès, Paris.
19. Nadar, Ermitage de Senart.
20. Edmond Picard, Bruxelles.
21. Conquet, libraire à Paris.
22. Jules Comte, Paris.
23. Prince Alex. Ourousof, Moscou.
24. Henry Floury, Paris.
25. Comte Edmond de Chabaud-Latour, Paris.
26. René Pincebourde, Paris.
27. Schuck, Marseille.
28. Vicomte Gilbert de Voisins, Marseille.
29. Paul Vérola, Paris.
30. Société Anonyme *La Plume*.

Exemplaires sur papier de Chine :

31. Bibliothèque Royale de Belgique (par Lacomblez).

32. 33. 34. 35. Bernoux et Cumin, Lyon.

36. Jules Claretie, Paris.
37. George Vandermeylen (par Lacomblez).
38. Bronislaw Kulakowsky.
39. Prince A. Ourousof, Moscou.

40. 41. Henry Floury, Paris.

42. Edmond Deman, Bruxelles.
43. Ed. Lehwefs, Berlin.

44. 45. Société Anonyme *La Plume*.

Exemplaires sur papier vélin :

46. E. Bigand-Kaire, Smyrne.
47. C. Mendelsohn, Paris.
48. Albert Perrin, Les Aix.
49. A. Tirat, Tulle.
50. Elie Léon-Dufour, Le Manoir.
51. P. G. Valence-s/-Rhône.
52. Dr Tournier, Lyon.
53. Léon Parsons, Marseille.

54. 55. 56. 57. Marcel Noyer-Combier, Valence

58. Louis Pons, Albi.
59. Henri Rouger, Mont-de-Marsan.
60. Albert Catel, Paris.
61. Tournadre, Paris.
62. Gaston Weber, Fontainebleau.
63. Albert Roger, Perthes.
64. Borely, Paris.
65. Clouet (par P. Dufau) Paris.

66. 67. 68. 69. 70. 71. 72. 73. 74. 75. Paul Lacomblez, libraire, Bruxelles.

76. Louis de St-Jacques, Marseille
77. Dr Kasimir, Paris.
78. A. E. C. B. (chez Reinwald, Paris).

79. 80. Le Campion, libraire, Paris.

81. Dr Monnereau, Barbézieux.

82 à 87. E. Deman, Bruxelles.

88. Dr Codet, Coulans (Sarthe).
89. Henry Petit, Cannes.
90. Ernest Prarond, Abbeville.
91. Dr Borry, Lyon.

92. 93. Paul Lacomblez, Bruxelles

94. Dr Henri Bourbon, Paris.
95. Alphonse Demare, »

96. 97. Pierre Dauze, »

98 à 109. Bernoux et Cumin, Lyon.

110. Octave Encoignard, Falaise.
111. João Barreira, Lisbonne.
112. Pierre Mille, Tananarive.
113. Clovis Ripé, Vendôme.
114. Grosjean-Maupin, Nancy.
115. A. Bordas, Paris.
116. Jacques des Gachons, id.

117. 118. Blok, La Haye.

119. Dr Rodolphe Lothar, Vienne (Autriche).
120. Mme Auer, St-Pétersbourg.
121. Alphonse Benoit-Lévy, Paris.
122. Alfred Gauche, Paris.
123. Vicomte de Charpin, château de Belleville.
124. Adrien Lachenal, Genève.
125. Georges Coste, Montpellier.
126. Soc. de Lecture, Carcassonne.
127. Capdevielle, Madrid.
128. Guillaume Boogaerts, Paris.
129. Michel Abadie, Chateaumeillant
130. Emile Blémont, Paris.
131. Rocha Peixoto, Mattosinhos.
132. E. Daumont.
133. F. G. Waller, Amsterdam.
134. Scheltema, Amsterdam.
135. Holkema, »
136. François Coulon, Panissière.
137. Charles Tendron, Tours.
138. Willy, Paris.
139. Rennesson, id.
140. A. Valdivia (librairie Cantarel)
141. Boris, Paris.
142. Fernand Vernhes, id.
143. Roger Braun, id.
144. Max de Keyser (p. Lacomblez)
145. Birlé, Vienne (Autriche).
146. Sarah de Swart, Arnhem.
147. Vittorio Pica, Milan.
148. Jules Moulin, Paris.
149. Raymond de la Tailhède, id.
150. Alp. Béligne (pr Le Campion
151. Emile Dieudonné, Neuilly.
152. Léon Goupy, Paris.
153. Stefan George, Berlin.

154. 155. Prince A. Ourousof.

156. Albert St-Paul, Paris.
157. Armand Rassenfosse, Liège.
158. Grosjean-Maupin, Nancy.
159. Marquis Darnty de Grandpré, Paris.
160. André Ibels, Paris.
161. Albert Batiste, Valmauris.
162. Borrani, Paris.
163. De Moira.
164. D'Anfreville.
165. Roux.
166. Duchet.
167. Prudhomme.
168. Jules Le Petit

169 à 172.

(163 à 172 : Souscrits par la librairie Lemercier Paris)

173 à 184. Librairie Floury, Paris.

185. Jean de Mitty, Paris.
186. René Martineau, Tours.
187. Jiri Karasek, Prague.

188 à 190. René Pincebourde, Paris.

191. Vidal Naquet, Marseille.
192. Miguet, Paris.
193. Georges Romain, Tulle.
194. Deman, Bruxelles.
195. Van der Meylen, Bruxelles.
196. Achille Segard.

197 à 199. Per Lamm, Paris.

200. Pierre Dufay, Blois.

201. 202. Aubertin, Marseille.

203. Roger et Chernoviz, Paris.
204. Joseph Canqueteau, Paris.

205. 206. Le Soudier, Paris.

207. Georges Deschamps, Paris.
208. Valentin Magalhaës.

209 à 211. Rouquette, libraire, Paris

212. Bellessort, Marchenoir.
213. Léopold Selme, Lyon.
214. Roger Marx, Paris.

215 à 217. Mellier, libraire, Paris.

218. Terquem, Paris.
219. Georges Rodenbach, Paris.
220. Léon Maillard, Paris.
221. Pierre Gaume, Londres.

222 à 244. Société *La Plume*.

245. Paul Redonnel, Paris.

(Cette édition ne sera jamais réimprimée. — Il n'a pas été tiré d'exemplaires de presse, ni d'auteurs, sauf cinq exemplaires sur papier de hollande).

EXEMPLAIRE N° d'auteur

COMITÉ

formé sous les auspices & la présidence effective du poète

STÉPHANE MALLARMÉ

pour ériger un monument à

CHARLES BAUDELAIRE

LECONTE DE LISLE, président d'honneur.

Paul Bourget,
Jules Claretie, François Coppée,
Léon Deschamps, Léon Dierx, Anatole France,
Stéfan George, Edmond de Goncourt, J.-M. de Hérédia,
J.-K. Huysmans, Camille Lemonnier, Maurice Maeterlinck, Léon
Maillard, Stéphane Mallarmé, Henri Mazel, Louis Ménard, Catulle Mendès,
Octave Mirbeau, Jean Moréas, Charles Morice, Nadar, Prince Alexandre Ourousof, Vittorio Pica,
Edmond Picard, Henri de Régnier, Adolphe Retté, Jean Richepin, Edouard Rod,
G. Rodenbach, Félicien Rops, Aurélien Scholl, Emmanuel Signoret,
Armand Silvestre, Stuart Merrill, Sully-Prudhomme,
Swinburne, Laurent Tailhade, Auguste Vacquerie,
Alfred Vallette, Paul Verlaine,
Emile Verhaeren,
F. Vielé-Griffin, Emile Zola, membres du Comité.

Auguste RODIN a accepté d'exécuter le monument.

Secrétaire-Trésorier : LÉON DESCHAMPS,

Directeur de *La Plume*.

Au Vicomte Charles Spoelberch de Lovenjoul.

HOMMAGE AFFECTUEUX.

A. O.

ÉTUDE SUR LES TEXTES DES " FLEURS DU MAL "

Commentaire & Variantes

FAC-SIMILÉ D'UNE PAGE DESSINÉE PAR CHARLES BAUDELAIRE

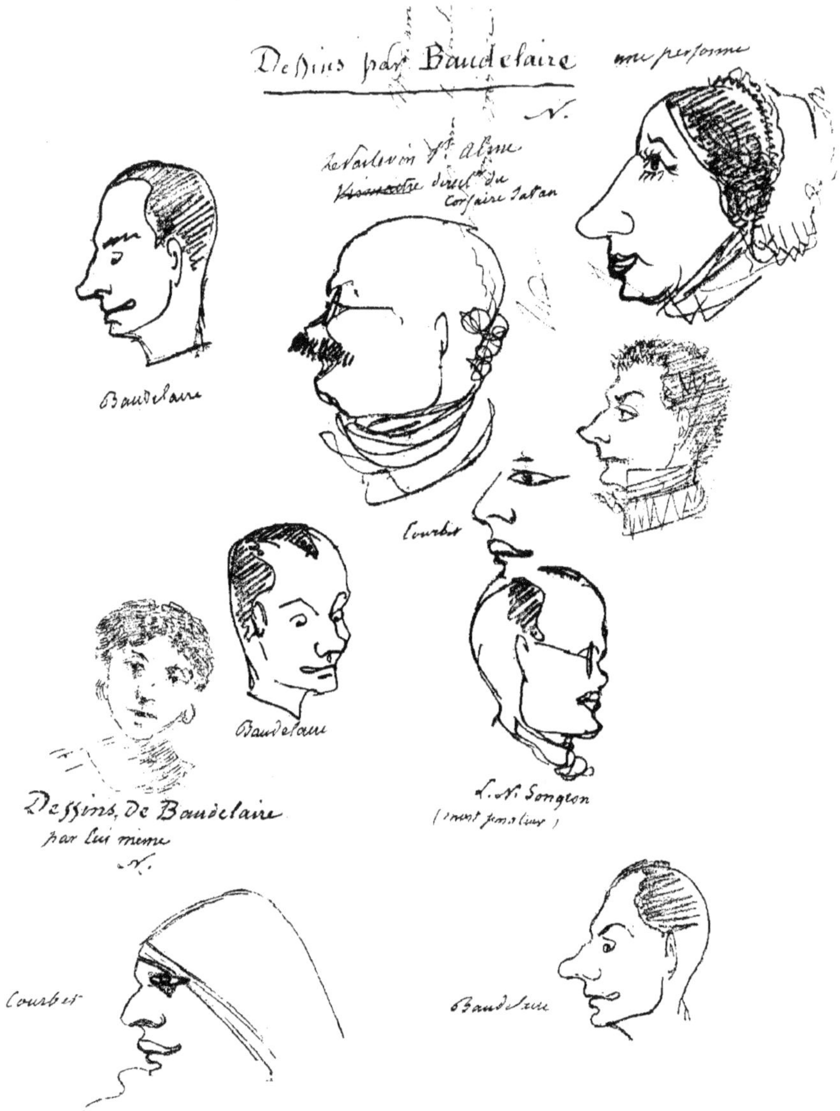

Dessins par Baudelaire

N.

une personne

Le Poitevin St. Alme
directr du Corsaire Satan

Baudelaire

Courbet

Baudelaire

L. N. Songeon

Dessins de Baudelaire
par lui même

N.

Courbet

Baudelaire

Etude sur les textes des « Fleurs du Mal »

COMMENTAIRE ET VARIANTES

Dieu permet à l'esprit de séduction de tromper les âmes hautaines et de répandre partout un chagrin superbe, une indocile curiosité et un esprit de révolte.

BOSSUET.

UISSE cette phrase magnifique de Bossuet qui semble avoir prévu le Poëte au nom fatidique (1), puisse-t-elle orner de son éclat un travail pieux consacré à une des gloires poétiques les plus contestées de la France.

Avertissement

Le travail que je prends la liberté de soumettre au public comprend deux parties. L'architecture secrète des *Fleurs du Mal* est un essai sur la composition du livre considéré comme un tout. Dans cette partie je signale aux conjectures des Baudelairiens quelques indications basées sur l'ordre et le groupement des poëmes classés *deux fois,* dans deux éditions par le Poëte lui-même.

La deuxième partie se rapporte aux *variantes* des trois éditions, aux éditions de 1857 et 1861 publiée sous les yeux de Baudelaire et à l'édition posthume, dite définitive où j'ai relevé quelques erreurs qui déparent le texte et se répètent invariablement depuis un quart de siecle. Le lecteur que rebuterait la lecture de ces variantes trouvera les *errata* des éditions posthumes indiqués dans un tableau à la fin de cette étude. En corrigeant son exemplaire des *Fleurs du Mal* il rétablira le véritable texte de Baudelaire.

Dans cette partie de mon essai, j'ai étudié les variantes des deux textes de Baudelaire, je les ai soigneusement colligées : désormais les fervents et les critiques n'auront plus besoin de rechercher les exemplaires de plus en plus rares des éditions de 1857 et 1861. Les hésitations, les *repentirs* du dessin des poëmes, les corrections, les scrupules, les trouvailles de style du Poëte sont là.

Ce travail était à faire. Il m'a permis, en même temps, de signaler les fâcheuses erreurs des éditions posthumes, erreurs qui menaçaient de s'éterniser. Quelques notules ajoutées aux variantes se relient à la première partie de cette étude et pourront servir un jour au commentaire de l'œuvre et à son histoire.

---

(1) On sait que badelaire ou baudelaire est, en vieux français, le nom d'une épée courte, à deux tranchants élargie du bout. Le mot se trouve dans Froissart et n'existe plus qu'en terme de blason.

Entre MM. Poulet-Malassis et Eugène De Broize, imprimeurs libraires à Alençon, d'une part, et M. Charles Baudelaire, littérateur, d'autre part,

a été convenu ce qui suit :

M. Ch. Baudelaire vend à M. M. Poulet-Malassis et Eugène De Broize deux ouvrages, l'un : Les Fleurs du Mal, l'autre : Bric à Brac esthétique.

M. Ch. Baudelaire livrera les fleurs du mal le vingt janvier prochain et le bric à brac esthétique à la fin de février.

Chaque tirage sera de mille exemplaires.

Pour prix de cette vente, M. Ch. Baudelaire touchera par chaque volume tiré, vendu ou non vendu, vingt cinq centimes, soit un huitième du prix marqué sur le catalogue de M. M. Poulet-Malassis et Eugène De Broize.

M. Ch. Baudelaire s'interdit la reproduction, sous quelque forme que ce soit, de tout ou partie de la matière contenue dans ces deux volumes.

M. Ch. Baudelaire ne pourra offrir les ouvrages ou l'un de ces ouvrages à un autre libraire qu'au cas où M. M. Poulet-Malassis et Eugène De Broize n'ayant plus en magasin qu'un très petit nombre d'exemplaires, ×~~négligeraient de~~ les réimprimer.

Fait double, à Paris, le trente × ~~Janvier~~, mille huit cent cinquante six.

× se refuseraient à
A. P-M. C. B.

× Décembre
A. P-M. C B.

Aug. Poulet-Malassis   Ch. Baudelaire.

Reproduction du traité original pour la publication des FLEURS DU MAL

I

L'Architecture secrète des « Fleurs du Mal »

ARBEY D'AUREVILLY dans un article daté du 24 juillet 1857, destiné au journal *Le Pays* et publié dans l'Appendice que Baudelaire voulait joindre à la troisième édition des *Fleurs du Mal*, écrivait ceci : « Il ne faut pas s'y méprendre : dans le livre de M. Baudelaire, chaque poésie a, de plus que la réussite des détails ou la fortune de la pensée *une valeur très importante d'ensemble et de situation* qu'il ne faut pas lui faire perdre en la détachant. Les artistes qui voient les lignes sous le luxe et l'efflorescence de la couleur percevront très bien qu'il y a ici *une architecture secrète*, un plan calculé par le poète, méditatif et volontaire. Les *Fleurs du Mal* ne sont pas à la suite les unes des autres comme tant de morceaux lyriques, dispersés par l'inspiration et ramassés dans un recueil sans d'autres raisons que de les réunir. Elles sont moins des poésies qu'une œuvre poétique *de la plus forte unité.* Au point de l'art et de la sensation esthétique, elles perdraient donc beaucoup à n'être pas lues *dans l'ordre* où le poète, qui sait ce qu'il fait, les a rangées. » (1)

Pour étudier cette architecture et se rendre compte de l'effet général que le Poète a voulu produire, il faut comparer les *Tables* des trois éditions, surtout des deux premières qui furent classées par Baudelaire lui-même. Il est bien entendu que l'ordre des poèmes a été établi après coup, et n'a rien de préconçu. Baudelaire, comme Balzac, a fait de son Œuvre un tout après en avoir composé les parties séparément. L'unité dont parle d'Aurevilly est ici dans la nature même du Poète : toutes les parties de son œuvre correspondent à des particularités de son tempérament et de son génie qui, unies entre elles par des liens mystérieux, concourent à former un individu sans précédents, d'une originalité sans exemple. Ce livre est bien l'âme et la vie du poète *tout entière* : avec ses rêves dans l'azur, son culte du Beau, son idéal spleenétique, ses amours effrénées. Spleen et Idéal serait le vrai nom du livre qui contient 79 pièces sous ce titre. Mais voici, soigneusement rangées dans un ordre immuable les pensées de volupté sadique et d'horreur qui hantent quelquefois le poète — ce sont les dix terribles poèmes des *Fleurs du Mal.* Après, dans la première édition venaient les blasphèmes des trois pièces intitulées *Révolte.* Après *Révolte* 5 pièces chantaient *le Vin* qui a contribué à avancer la mort du poète — et les trois poèmes de *la Mort* venaient clore le livre, comme la Mort qui ferme le livre des rêves d'azur et des ivresses sanglantes. C'est bien là une autobiographie symbolique et profonde, chrétienne malgré tout et d'une envergure qui n'a pas été égalée.

Dans la seconde édition le Poète conserve ses grandes parties mais en changeant leur ordre. Après Spleen et Idéal, il veut que *le décor* forme un ensemble et il range 18 poèmes sous un titre nouveau *Tableaux Parisiens.* Dans ce nombre il y a 9 poèmes nouveaux. Ces tableaux

---

(1) Les *Fleurs du Mal.* Edition posthume, Michel Lévy frères. *Appendice.*

sont disposés de manière à donner l'impression d'*unité*. *Paysage* est comme l'introduction qui renferme les *motifs* de l'œuvre. Le *Crépuscule du matin* — un des chefs-d'œuvre indiscutés de l'ouvrage vient clore magnifiquement le tableau de Paris. L'auteur, dans cette deuxième édition, a voulu que *le Vin* précédât les *Fleurs du Mal*, après lesquelles vient *Révolte* et le livre se termine encore une fois par *la Mort* — ces poèmes sereins et purs, d'où sont absents les pensers amers et les horreurs macabres des autres parties du livre.

Pour vérifier ces assertions et donner au lecteur la possibilité de bien étudier l'architecture secrète des *Fleurs du Mal* nous donnons ici les trois tables des trois éditions, avec des notules où on trouvera quelques avis utiles pour les éditions à venir :

TABLE DE LA 1re ÉDITION	TABLE DE LA 2me ÉDITION *Augmentée de trente-cinq Poëmes nouveaux*	TABLE DE L'ÉD. POSTHUME
1857	1861	
(POULET-MALASSIS & DE BROISE)	(POULET-MALASSIS & DE BROISE)	(MICHEL LÉVY)
		Charles Baudelaire, notice par Théophile Gautier (1868).
Dédicace.	Dédicace	Dédicace.
Au lecteur.	Au lecteur.	Préface. (6)
SPLEEN & IDÉAL	*SPLEEN & IDÉAL*	*SPLEEN & IDÉAL*
I. Bénédiction.	I. Bénédiction.	I. Bénédiction.
II. Le Soleil.	II. *L'Albatros.* (2)	II. L'Albatros.
III. Elévation.	III. Elévation.	III. Elévation.
IV. Correspondances.	IV. Correspondances.	IV. Correspondances.
V. J'aime le souvenir de ces époques nues.	V. J'aime le souvenir de ces époques nues.	V. J'aime le souvenir de ces époques nues.
VI. Les phares.	VI. Les Phares.	VI. Les Phares.
VII. La muse malade.	VII. La Muse malade.	VII. La Muse malade.
VIII. La muse vénale.	VIII. La Muse vénale.	VIII. La Muse vénale.
IX. Le mauvais moine.	IX. Le mauvais Moine.	IX. Le mauvais Moine.
X. L'ennemi.	X. L'Ennemi.	X. L'Ennemi.
XI. Le guignon.	XI. Le Guignon.	XI. Le guignon.
XII. La vie antérieure.	XII. La Vie antérieure.	XII. La Vie antérieure.
XIII. Bohémiens en voyage.	XIII. Bohémiens en voyage.	XIII. Bohémiens en voyage.
XIV. L'homme et la mer.	XIV. L'Homme et la Mer.	XIV. L'Homme et la Mer.
XV. Don Juan aux enfers.	XV. Don Juan aux enfers.	XV. Don Juan aux Enfers.
XVI. Châtiment de l'orgueil.	XVI. Châtiment de l'orgueil.	XVI. *A Théodore de Banville, (1842).* (7)
XVII. La beauté.	XVII. La Beauté.	XVII. Châtiment de l'orgueil.
XVIII. L'idéal.	XVIII. L'Idéal.	XVIII. La Beauté.
XIX. La géante.	XIX. La Géante.	XIX. L'Idéal.
XX. Les bijoux. (1)	XX. *Le Masque.* (3)	XX. La Géante.
XXI. Parfum exotique.	XXI. *Hymne à la Beauté.* (4)	XXI. Le Masque.
XXII. Je t'adore à l'égal de la voûte nocturne.	XXII. Parfum exotique.	XXII. Hymne à la Beauté.
XXIII. Tu mettrais l'univers entier dans ta ruelle.	XXIII. *La Chevelure.* (5)	XXIII. Parfum exotique.
XXIV. Sed non satiata.	XXIV. Je t'adore à l'égal de la voûte nocturne.	XXIV. La Chevelure.
XXV. Avec ses vêtements ondoyants et nacrés.	XXV. Tu mettrais l'univers entier dans ta ruelle.	XXV. Je t'adore à l'égal de la voûte nocturne.
XXVI. Le serpent qui danse.	XXVI. Sed non satiata.	XXVI. Tu mettrais l'univers entier dans ta ruelle.

NOTULES

(Dans les tables des deux premières éditions j'ai conservé l'orthographe du Poëte, qui dans l'emploi des majuscules obéissait à une esthétique particulière.)

(1) Pièce supprimée par arrêt du Tribunal, du 20 août 1857, réimprimée depuis dans *La Plume* du 15 avril 1890, sans encombre.

(2, 3, 4, 5) Pièces nouvelles, ajoutées par le Poëte à la 2me édition.

(6) Titre changé — pourquoi ? — dans l'édition posthume.

(7) Pièce ajoutée à l'édition posthume et qui aurait dû précéder *Don Juan*, publié en 1846.

XXVII. Une charogne.	XXVII. Avec ses vêtements ondoyants et nacrés...	XXVII. Sed non satiata.
XXVIII. De profundis clamavi.	XXVIII. Le Serpent qui danse.	XXVIII. Avec ses vêtements, etc.
XXIX. Le vampire.	XXIX. Une Charogne.	XXIX. Le serpent qui danse.
XXX. Le léthé. (1)	XXX. De Profundis clamavi.	XXX. Une Charogne.
XXXI. Une nuit que j'étais près d'une affreuse Juive.	XXXI. Le Vampire.	XXXI. De profundis clamavi.
XXXII. Remords posthume.	XXXII. Une nuit que j'étais près d'une affreuse Juive.	XXXII. Le Vampire.
XXXIII. Le chat.	XXXIII. Remords posthume.	XXXIII. Une nuit que j'étais, etc.
XXXIV. Le balcon.	XXXIV. Le Chat.	XXXIV. Remords posthume.
XXXV. Je te donne ces vers afin que si mon nom...	XXXV. *Duellum.* (4)	XXXV. Le Chat.
XXXVI. Tout entière.	XXXVI. Le Balcon.	XXXVI. Duellum.
XXXVII. Que diras-tu ce soir pauvre âme solitaire...	XXXVII. *Le Possédé.* (5)	XXXVII. Le Balcon.
XXXVIII. Le flambeau vivant.	XXXVIII. *Un Fantôme.* (6)	XXXVIII. Le Possédé.
XXXIX. A celle qui est trop gaie. (2)	XXXIX. Je te donne ces vers afin que si mon nom...	XXXIX. Un fantôme.
XL. Reversibilité.	XL. *Semper eadem.* (7)	XL. Je te donne ces vers afin que si mon nom...
XLI. Confession.	XLI. Tout entière.	XLI. Semper eadem.
XLII. L'aube spirituelle.	XLII. Que diras-tu ce soir, pauvre âme solitaire...	XLII. Tout entière.
XLIII. Harmonie du soir.	XLIII. Le Flambeau vivant.	XLIII. Que diras-tu ce soir pauvre âme solitaire...
XLIV. Le flacon.	XLIV. Reversibilité.	XLIV. Le Flambeau vivant.
XLV. Le poison.	XLV. Confession.	XLV Reversibilité.
XLVI. Ciel brouillé.	XLVI. L'Aube spirituelle.	XLVI. Confession.
XLVII. Le chat.	XLVII. Harmonie du soir.	XLVII. L'Aube spirituelle.
XLVIII. Le beau navire.	XLVIII. Le Flacon.	XLVIII. Harmonie du soir.
XLIX. L'invitation au voyage.	XLIX. Le Poison.	XLIX. Le Flacon.
L. L'irréparable.	L. Ciel brouillé.	L. Le Poison.
LI. Causerie.	LI. Le Chat.	LI. Ciel brouillé.
LII. L'Héautontimoroumenos. (3)	LII. Le beau Navire.	LII. Le Chat.
LIII. Franciscæ meæ laudes.	LIII. L'Invitation au voyage.	LIII. Le beau Navire.
LIV. A une dame créole.	LIV. L'Irréparable.	LIV. L'Invitation au voyage.
LV. Moesta et errabunda.	LV. Causerie.	LV. L'Irréparable.
LVI. Les chats.	LVI. *Chant d'automne.* (8)	LVI. Causerie.
LVII. Les hiboux.	LVII. *A une Madone.* (9)	LVII. Chant d'automne.
LVIII. La cloche fêlée.	LVIII. *Chanson d'après-midi.* (10)	LVIII. A une Madone.
LIX. Spleen : Pluviôse irrité...	LIX. *Sisina.* (11)	LIX. Chanson d'après-midi.
LX. Spleen : J'ai plus de souvenirs...	LX. Franciscæ meæ laudes.	LX. Sisina.
LXI. Spleen : Je suis comme le roi...	LXI. A une dame créole.	LXI. Vers pour le portrait d'H. Daumier. (14)
LXII. Spleen : Quand le ciel bas et lourd...	LXII. Moesta et errabunda.	LXII. Franciscæ meæ laudes.
LXIII. Brumes et pluies.	LXIII. Le Revenant.	LXIII. A une dame créole.
LXIV. L'irrémédiable.	LXIV. *Sonnet d'automne.* (12)	LXIV. Le Revenant.
	LXV. Tristesses de la lune.	LXV. Sonnet d'Automne.
	LXVI. Les Chats.	LXVI. Tristesse de la Lune.
LXVII. A une mendiante rousse.	LXVII. Les Hiboux.	LXVII. Les Chats.
LXVIII. Le jeu.	LXVIII. La Pipe.	LXVIII. Les Hiboux.
LXIX. Le crépuscule du soir.	LXIX. La Musique.	LXIX. La Pipe.
LXX. Le crépuscule du matin.	LXX. Sépulture.	LXX. La Musique.
LXXI. La servante au grand cœur dont vous étiez jalouse...	LXXI. *Une Gravure fantastique.* (13)	LXXI. Sépulture D'UN POÈTE MAUDIT. (15)
LXXII. Je n'ai pas oublié, voisine de la ville...	LXXII. Le Mort joyeux.	LXXII. Une gravure Fantastique. (16)
LXXIII. Le tonneau de la haine.	LXXIII. Le Tonneau de la haine.	LXXIII. Le Mort joyeux.
LXXIV. Le revenant.	LXXIV. La Cloche fêlée.	LXXIV. Le Tonneau de la haine.
LXXV. Le mort joyeux.	LXXV. Spleen.	LXXV. La Cloche fêlée.

(1, 2) Pièces supprimées par arrêt, mais réimprimées dans *La Plume* du 15 mars 1890 et que les éditeurs futurs rétabliront.

(3) Dans la première édition, ce poème mystérieux n'est pas encore dédié à J. G. F. (?) La dédicace est ajoutée à la seconde édition.

(4, 5, 6, 7) Pièces ajoutées par le Poète à la 2me édition.

(8, 9, 10, 11) Pièces nouvelles.

(12, 13, Pièces nouvelles.

(14) Pièce ajoutée par l'édition posthume.

(15) Les mots : *d'un poète maudit* sont ajoutés au titre par l'éditeur posthume, et bien à tort : « votre corps vanté » n'est pas le corps d'un poète. Cette pièce, du cycle macabre, est à reprocher de « Remords posthume » v. XXXIV.

(16) Pièce ajoutée.

LXXVI. Sépulture.	LXXVI. Spleen.	LXXVI. Spleen.
LXXVII. Tristesses de la lune.	LXXVII. Spleen.	LXXVII. Spleen.
LXXVIII. La musique.	LXXVIII. Spleen.	LXXVIII. Spleen.
LXXIX. La pipe.	LXXIX. *Obsession.* (4)	LXXIX. Spleen.
FLEURS DU MAL		
LXXVIII. La destruction.		
LXXIX. Une martyre, dessin d'un maître inconnu.		
LXXX. Lesbos. (1)	LXXX. *Le goût du Néant.* (5)	
LXXXI. Femmes damnées. (2)	LXXXI. *Alchimie de la douleur.* (6)	LXXXI. Obsession.
LXXXII. Femmes damnées.	LXXXII. *Horreur sympathique.* (7)	LXXXII. Le goût du Néant.
LXXXIII. Les deux bonnes sœurs.	LXXXIII. L'Héautontimorouménos.	LXXXIII. Alchimie de la Douleur.
LXXXIV. La fontaine de sang.	LXXXIV. L'Irrémédiable.	LXXXIV. Horreur sympathique.
LXXXV. Allégorie.	LXXXV. *L'Horloge.* (8)	LXXXV. Le Calumet de Paix. (19)
	TABLEAUX PARISIENS	
LXXXVI. La Béatrice.	LXXXVI. *Paysage.* (9)	LXXXVI. La prière d'un païen. (20)
LXXXVII. Les Métamorphoses du vampire. (3)	LXXXVII. Le Soleil.	LXXXVII. Le Couvercle. (21)
LXXXVIII. Un voyage à Cythère.	LXXXVIII. A une mendiante rousse.	LXXXVIII. L'Imprévu. (22)
LXXXIX. L'Amour et le crâne.	LXXXIX. *Le Cygne.* (10)	LXXXIX. L'Examen de Minuit. (23)
RÉVOLTE		
XC. Le reniement de saint Pierre.	XC. *Les sept Vieillards.* (11)	XC. Madrigal triste. (24)
XCI. Abel et Caïn.	XCI. *Les petites Vieilles.* (12)	XCI. L'Avertisseur. (25)
XCII. Les litanies de Satan.	XCII. *Les Aveugles.* (13)	XCII. A une Malabaraise. (26)
LE VIN		
XCIII. L'Âme du Vin.	XCIII. *A une passante.* (14)	XCIII. La Voix. (27)
XCIV. Le vin des chiffonniers.	XCIV. *Le Squelette laboureur* (15)	XCIV. Hymne. (28)
XCV. Le vin de l'assassin.	XCV. Le Crépuscule du soir.	XCV. Le Rebelle. (29)
XCVI. Le vin du solitaire.	XCVI. Le Jeu.	XCVI. Les yeux de Berthe. (30)
XCVII. Le vin des amants.	XCVII. *Danse macabre.* (16)	XCVII. Le Jet d'eau. (31)
LA MORT		
XCVIII. La mort des amants.	XCVIII. *L'Amour du mensonge.* (17)	XCVIII. La Rançon. (32)
XCIX. La mort des pauvres.	XCIX. Je n'ai pas oublié, voisine de la ville...	XCIX. Bien loin d'ici. (33)
C. La mort des artistes.	C. La servante au grand cœur dont vous étiez jalouse...	C. Le Coucher du soleil romantique. (34).
	CI. Brumes et pluies.	CI. Sur Le Tasse en prison, d'Eugène Delacroix. (35)
	CII. *Rêve parisien.* (18)	CII. Le Gouffre. (36)
	CIII. Le Crépuscule du matin.	CIII. Les plaintes d'un Icare. (37)
	LE VIN	
	CIV. L'Ame du vin.	CIV. Recueillement. (38)
	CV. Le Vin des Chiffonniers.	CV. L'Héautontimorouménos.
	CVI. Le Vin de l'Assassin.	CVI. L'Irrémédiable.
	CVII. Le Vin du solitaire.	CVII. L'Horloge.
		TABLEAUX PARISIENS
	CVIII. Le Vin des amants.	CVIII. Paysage.
	FLEURS DU MAL	
	CIX. La Destruction.	CIX. Le Soleil.
	CX. Une Martyre.	CX. Lola de Valence. (39)
	CXI. Femmes damnées.	CXI. La lune offensée (40).

SUITE DES NOTULES :

(1, 2, 3) Pièces supprimées par arrêt, mais réimprimées par *La Plume* du 15 avril 1890, sans obstacle.

(4, 5, 6, 7) Pièces nouvelles.

(8, 9, 10, 11, 12, 13, 14, 15, 16, 17, 18) Pièces nouvelles, ajoutées par le Poëte à la 2me édition.

(19, 20, 21, 22, 23, 24, 25, 26, 27, 28, 29, 30, 31, 32, 33, 34, 35, 36, 37, 38) Pièces ajoutées à l'édition posthume. Le titre de la pièce XCIX est altéré : rétablir le vrai qui est *Soleil couché*.

(39, 40) Pièces ajoutées à l'édition posthume.

CXII. Les deux bonnes Sœurs.
CXIII. La Fontaine de sang.
CXIV. Allégorie.
CXV. La Béatrice.
CXVI. Un Voyage à Cythère.
CXVII. L'Amour et le Crâne.

RÉVOLTE

CXVIII. Le Reniement de St-Pierre.
CXIX. Abel et Caïn.
CXX. Les Litanies de Satan.

LA MORT

CXXI. La Mort des amants.
CXXII. La Mort des pauvres.
CXXIII. La Mort des artistes.
CXXIV. *La Fin de la journée.* (1)
CXXV. *Le Rêve d'un curieux.* (2)
CXXVI. *Le Voyage.* (3)

CXII. A une mendiante rousse.
CXIII. Le Cygne.
CXIV. Les sept Vieillards.
CXV. Les petites Vieilles.
CXVI. Les Aveugles.
CXVII. A une Passante.
CXVIII. Le Squelette laboureur.
CXIX. Le Crépuscule du soir.
CXX. Le Jeu.
CXXI. Danse macabre.
CXXII. L'Amour du mensonge.
CXXIII. Je n'ai pas oublié, voisine de la ville.
CXXIV. La servante au grand cœur dont vous étiez jalouse...
CXXV. Brumes et pluies.
CXXVI. Rêve Parisien.
CXXVII. Le Crépuscule du matin.

LE VIN

CXXVIII. L'âme du Vin.
CXXIX. Le Vin des Chiffonniers.
CXXX. Le Vin de l'assassin (4).
CXXXI. Le Vin du solitaire.
CXXXII. Le Vin des amants.

FLEURS DU MAL

CXXXIII. Epigraphe pour un livre condamné.
CXXXIV. La Destruction.
CXXXV. Une Martyre.
CXXXVI. Femmes damnées.
CXXXVII. Les deux bonnes Sœurs.
CXXXVIII. La Fontaine de Sang.
CXXXIX. Allégorie.
CXL. La Béatrice.
CXLI. Un Voyage à Cythère.
CXLII. L'Amour et le Crâne.

RÉVOLTE

CXLIII. Le Reniement de Saint Pierre.
CXLIV. Abel et Caïn.
CXLV. Les Litanies de Satan.

LA MORT

CXLVI. La Mort des amants.
CXLVII. La Mort des pauvres.
CXLVIII. La Mort des artistes.
CXLIX La Fin de la journée.
CL. Le Rêve d'un curieux.
CLI. Le Voyage.

(1, 2, 3) Pièces ajoutées par le Poëte à la 2me édition.

(4) L'édition posthume, au lieu de « Le wagon enragé » des deuxièmes éditions revues par le Poëte, imprime : « Le wagon enrayé » et, jusqu'à ce jour, pendant plus d'un quart de siècle reproduit imperturbablement cette grosse erreur typographique, ainsi que le non-sens de la sépulture *d'un poëte maudit*, etc.

En comparant ces trois tables nous constatons d'abord que la seconde édition contient une inexactitude ; on y lit : *augmentée de trente-cinq poëmes nouveaux*. La première en contenait *cent*. La seconde n'en a que *cent vingt-six*, et non cent trente-cinq. Si les éditeurs décomptent les six poëmes supprimés dans la première édition la seconde est augmentée de 32 poëmes nouveaux. Cette petite erreur a été reproduite dans la *bibliographie* de Charles Baudelaire (Paris. Pincebourde 1872, page 152.) « Les trente-cinq pièces ajoutées à la seconde édition des *Fleurs du Mal*, ajoute l'auteur, sont ici précédées d'un astérisque. » Or, en comptant ces astérisques, on n'en trouve que 32. Faut-il compter séparément les 4 pièces du « Fantôme » (p. 86 de la 2me éd.) ? Je ne crois pas, puisque « Le Chat » (XXXIV. p. 78), « Chant d'Automne » (LVI. p. 129), sont également composées de plusieurs pièces, dont l'unité est affirmée par le chiffre romain inscrit par le Poëte en tête du morceau.

Pour sa seconde édition, Baudelaire ne se contenta pas de remplacer les pièces dont la suppression avait été ordonnée et d'en ajouter *vingt et quelques* autres. Il remania peu ou beaucoup celles qui avaient paru dans la 1re éd. (*J. Le Petit.* Documents autographes inédits de Baudelaire. *La Plume* 1er Juillet 1893.)

Ensuite, l'étude attentive de ces trois tables indique très clairement le parti-pris du groupement des poëmes, leur architecture secrète, que les initiés découvriront, que le grand public (ou le gros public) ignorera toujours.

Examinons d'abord la table de la première édition. Le livre contient 77 poëmes intitulés : Spleen et Idéal, qui forment comme une autobiographie symbolique du poëte. La pièce II. *Le Soleil* devait au commencement symboliser le rôle du poëte dans la vie, mais dans la seconde édition Baudelaire remplaçait ce poëme par II. *l'Albatros*, également symbolique et transportait *le Soleil* au No LXXXVII. des *Tableaux Parisiens*, rubrique nouvelle. C'est dans les cieux et dans l'azur que commence le prologue de « ce livre atroce » ainsi dénommé par Baudelaire lui-même. (1) Le dernier vers de *Élévation* se rattache à *Correspondances*. L'idéal plastique et pictural du Poëte est chanté dans les pièces V et VI. Son destin aux prises avec la maladie et la misère forment le sujet des deux sonnets VII et VIII. Les sonnets IX, X, XI, XII dans leur ensemble donnent un tableau de la jeunesse orageuse du poëte. *Bohémiens en Voyage* et *l'Homme et la Mer* (XIII et XIV) semblent exprimer la nostalgie, la vie libre, aventureuse, et les joies du séjour à Honfleur. C'est encore l'Idéal, sans les spleenétiques images qui vont surgir bientôt.

La Beauté, *l'Idéal et la Géante* groupés par le poëte, achèvent le tableau de ce qu'il aime dans le domaine du Beau. Mais voici que la fanfare érotique éclate dans *les Bijoux* (XX) et se prolonge sans interruption dans toute la série qui vient immédiatement après jusqu'à *la Charogne* — où le cycle de Jeanne Duval est interrompu par les images macabres et ce culte de la Mort que nul parmi les poëtes n'a égalé. J'ai indiqué dans mes notes que *De Profundis clamavi* est une pièce amoureuse et non théologique. Ceci est bien confirmé par la place que ce poëme occupe. Ceux qui suivent en sont le commentaire : *le Vampire* et *le Léthé* sont très intimement liés par leur accent d'une sensualité terrible. Pour moi les pièces XXXI, XXXII et surtout XXXIII seraient encore du cycle de Jeanne Duval, ainsi que *le Balcon*, le sonnet XXXV et le poëme XXXVI, mais les sonnets XXXVII et XXXVIII ne se rapportent-ils pas à une autre femme, pure, noble, idéale ? La note a changé, l'accent est autre. Ce n'est plus « *la Statue aux yeux de jais* », ce sont des yeux *diamantés*, d'une *clarté mystique*. La pièce sadique « *A celle qui est trop gaie* » appartient peut-être à Jeanne Duval, mais *Réversibilité* et *Confession* sont spiritualistes et composent avec le chef-d'œuvre incontesté de l'*Aube Spirituelle* comme les parties d'un tout, où se reflète le culte passionné de l'Idéal. Je serais tenté de classer *le Beau Navire* et *l'Invitation au Voyage* dans le cycle de Jeanne Duval, mais *l'Héautontimoroumenos* est dédié dans la 2me édition à une femme désignée par les initiales J. G. F.

J'ai trouvé ces mêmes lettres dans la dédicace des « Paradis artificiels », où il est bien question d'une femme. Qui est-elle ? J. désignerait bien Jeanne. Que veulent dire les autres initiales ?

Il me semble que les *Fleurs du Mal* sont composées de cycles distincts : Autobiographie Symbolique, Cycle de Jeanne Duval, Cycle spiritualiste, Cycle de la Belle aux Cheveux d'or (ou de Marguerite), Cycle du Spleen. J'ai essayé d'indiquer ces vagues conjectures dans les notes des variantes.

Nous ne poursuivrons pas ce travail de groupement que le lecteur peut continuer. Il nous a paru suffisant d'indiquer les traits essentiels de cette *architecture secrète* signalée par Barbey d'Aurevilly. Pour le moment ce travail ne saurait être mené à bonne fin, la biographie de Baudelaire n'étant pas encore suffisamment étudiée. Une étude de ses textes basée sur les manuscrits s'impose également pour compléter l'étude du Poëte. En signalant ces lacunes, nous aurons peut-être suggéré un nouveau travail à quelque curieux, plus favorisé que nous par la Fortune et le Hasard.

---

(1) Lettre à M. Ancelle 1866 (*Crépet.* LXIV).

II

Les trois Textes des Fleurs du Mal

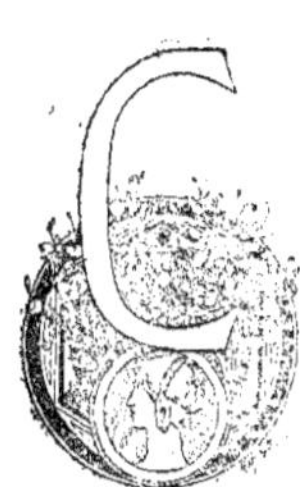

COMME un acteur enroué, je devrais solliciter ici l'indulgence du public. Ce petit ouvrage ne peut satisfaire ni les bibliographes, ni les gens du monde, ni les lettrés. Pour les premiers, il n'est pas assez complet, pour les autres, il n'est pas assez intéressant. Enfin, il n'est pas suffisamment *écrit* et conserve l'aspect fruste d'une série de fiches cousues les unes aux autres. Cette dernière raison suffirait pour le rendre indigne de l'attention des lettrés délicats et exigeants. Pourquoi et pour qui donc ce travail si défectueux, est-il livré à la publicité ? Pour le petit nombre des Baudelairiens fervents, de ceux qui aiment qu'on leur reparle de leur Poëte et auxquels tout, tout ce qui s'y rapporte, fait plaisir, un plaisir de sensuel mystique et de collectionneur. Ces notes leur seront un prétexte à relire une fois de plus les *Fleurs du Mal*. Les très petits faits prêtent à rire, mais l'auteur de ces notes, souvent minutieuses et mesquines, craint moins d'être taxé de manie que d'encourir le reproche d'avoir abusé de la confiance du lecteur en lui livrant un travail trop incomplet. Qu'il lui soit permis d'invoquer brièvement les circonstances atténuantes que voici : ces notes ont été faites très loin des Bibliothèques de Paris, par un dilettante moscovite, mais fervent ! Fallait-il laisser traîner parmi les dossiers ces feuilles consacrées à la gloire d'un grand poëte ? Oui, dit la Critique. Non, dit le comité du Monument de Baudelaire et n'ayant ni le temps, ni le choix pour parfaire une œuvre plus digne, je dépose à la hâte sur les marches du Monument cette rustique offrande.

Ce travail est une étude sur les deux textes des *Fleurs du Mal* : celui de la première édition de 1857 et celui de la seconde édition revue et corrigée par le poëte en 1861 et reproduite dans l'édition posthume de 1869, celle de Michel Lévy, *avec des fautes* en plus que le poëte n'aurait pas tolérées et que l'éditeur posthume perpétue depuis un quart de siècle sans qu'on y prenne garde. Cette édition se trouve partout. Le travail aurait dû être fait depuis longtemps car le poëte vit dans son œuvre, c'est là sa vraie biographie ou au moins la plus importante et nous ne saurions mieux témoigner notre admiration, qu'en étudiant, jusque dans ses moindres détails, le *texte* de son œuvre.

La critique professionnelle et dogmatique a été sévère ou méprisante pour Charles Baudelaire. Que de dures paroles ont été proférées à son égard ! Toute une vie malheureuse, torturée par la misère, terminée par la folie, toute une vie consacrée à la Poésie, à l'Art, n'a pu désarmer les rigueurs des arrêts. Un des plus grands lyriques qu'ait eu la France, fut honni, bafoué et le silence de la tombe, troublé par les acclamations d'un enthousiasme tardif n'a pas encore calmé les colères. Eh bien ! les Mânes du Poëte ne doivent pas s'en plaindre. Si quelque parcelle ailée de sa substance erre encore dans l'atmosphère d'où nous vivons, puisse-t-elle, poussière lumineuse tourbillonnant dans un rayon de soleil, se réjouir : la gloire du Poëte n'est point morte encore, car la véritable mort, c'est l'oubli.

La première édition des « *Fleurs du Mal* » fut annoncée au *Journal de la Librairie*, le 11 Juillet 1857. (1) Le manuscrit avait été remis à Madame Dupuy (?) le 4 Février. (2) La seconde a paru dans la première semaine de Février 1861. (3) La première, avec le titre en rouge, fut éditée par Poulet-Malassis et de Broise et imprimée dans leur typographie, à Alençon. Je possède un exemplaire rarissime de cette édition, trouvé à Pétersbourg et acheté le 29 mars 1892, *avec les six pièces condamnées.*

---

(1) *Crépet.* Charles Baudelaire. Œuvres posthumes. Paris. Quantin 1887. p. LXI. Etude biographique

(2) Ibid. p. 139, lettre de Baudelaire.

(3) Crépet. p. 145.

L'impression retardée par les notes, surcharges et corrections de l'auteur, dura plus de cinq mois, Baudelaire attachant la plus grande importance à la pureté de son texte. Selon M. Eugène Crépet « les épreuves conservées par Poulet-Malassis ne contiennent qu'un *petit nombre* de variantes, car le texte du manuscrit que le poète livrait à l'impression était arrêté depuis longtemps. » D'autre part, de Broise, l'associé de Poulet-Malassis, se plaignait « des surcharges de M. Baudelaire. » Un ami de Baudelaire, M. Ernest Prarond, dont M. Crépet a publié les notes, affirme que « Baudelaire a toujours beaucoup remanié et corrigé ses vers jusqu'au jour où il les a publiés dans des revues, dans des journaux et enfin en librairie sous le nom de *Fleurs du Mal.* » (1) M. Prarond se rappelle que les pièces suivantes étaient composées avant la fin de 1843 : *l'Albatros ; Don Juan aux Enfers ; la Géante ; Je t'adore à l'égal de la voûte nocturne ; une Charogne ; Une nuit que j'étais près d'une affreuse Juive ; à une Malabaraise ; le Rebelle ; Les yeux de mon enfant* (2) *; Je n'ai pas oublié, voisine de la ville... ; la Servante au grand cœur ; la Diane chantait dans la cour des casernes ; L'âme du vin ; le Vin du Chiffonnier ;* (3) *le Vin de l'Assassin.*

Baudelaire a-t-il beaucoup remanié ses vers, ou le texte en fut-il arrêté depuis longtemps ? Quelles en sont les variantes ? Y en a-t-il beaucoup ? Voilà des questions dont l'intérêt pour tout Baudelairien est évident. Théophile Gautier a dit de Baudelaire qu'il était « d'une haute conscience » n'abandonnant à travers les nécessités de la vie une œuvre que lorsque il la croyait parfaite, pesant chaque mot comme les avares de Quintin Matsys pèsent un ducat suspect, *revoyant dix fois une épreuve*, soumettant le poète au subtil critique qui était en lui. (Notice.)

Le collationnement des textes était d'ailleurs tout indiqué par ce passage d'une lettre de Baudelaire à son éditeur. La deuxième édition ayant paru dans la première semaine de *1861*, (4) l'auteur écrivait : « 35 pièces nouvelles, *toutes les anciennes remaniées.* » Quel était donc ce travail d'épurement, d'autocritique, accompli par le plus impeccable des magiciens ès-lettres ? Qu'avait-il remanié ? Qu'avait-il changé ? Tous ces changements avaient-ils été heureux ? N'avait-il pas émondé quelque chef-d'œuvre ? Qui avait raison, Gautier ou Asselineau prétendant que le « poète en publiant 12 ans plus tard les pièces des Fleurs du Mal *n'eut rien a y changer.* » (5).

Le lecteur est prévenu : ce que je lui offre est un commentaire des *Fleurs du Mal.* Qu'il soit bien utile pour en goûter le charme, je me garderai bien de l'affirmer. Le meilleur commentaire est la lecture à haute voix, dans un milieu sympathique et lettré, accessible à l'émotion et à la piété. Un autre commentaire de ces poèmes magiques, c'est le silence des nuits, les douleurs de l'existence et la joie des matinées fraîches. Alors le parfum des *Fleurs du Mal* se répand dans l'âme du lecteur pieux. Ce commentaire, ces notes bibliographiques seraient donc inutiles si elles n'étaient agréables à celui qui s'y consacre. Admirer ce qu'on aime dans ses plus intimes détails, n'est-ce-pas l'essence même de la volupté ?

La seconde édition, imprimée chez Simon Raçon et Cie, à Paris, est ornée d'un portrait de Baudelaire dessiné et gravé par Braquemond. L'édition est également de Poulet-Malassis et de Broise. Le titre est en noir, les noms de l'auteur et des éditeurs en rouge. Ce livre, recherché mais moins rare que la 1re édition, se trouve quelquefois chez les bouquinistes. Je l'ai acheté 10 francs, en 1894, chez M. Albert Foulard (quai Malaquais, Paris). Il annonce sur la couverture : En préparation : *Curiosités esthétiques, Réflexions sur quelques-uns de mes contemporains et Eurêka.* Mon exemplaire, très bien conservé, est un élégant volume à grandes marges. Les volumes de l'édition posthume de Michel Lévy ont l'aspect vulgaire du bouquin à 2.75 *net* et témoignent d'une négligence regrettable. La gravure du portrait est blafarde. Le meilleur portrait après l'eau-forte de Manet, est la photographie reproduite dans les Œuvres posthumes de Baudelaire. (Crépet *loco citato.*) Le livre d'Asselineau contient cinq portraits de Baudelaire dessinés par lui-même, Courbet et Manet.

L'édition des *Fleurs du Mal* d'Alphonse Lemerre est ornée d'un médiocre portrait de Baudelaire, hirsute et barbu, peint par Emile de Roy en 1844, gravé par B. (Braquemond ?) Elle contient 131 poèmes — le même nombre que l'édition Lévy, mais affecte un ordre différent : 16 pièces sont classées sous le titre *Nouvelles Fleurs du Mal* (5). 9 pièces sont dénommées *Epaves.* (6) L'édition Lemerre rétablit le titre de la première pièce du Recueil : *Au Lecteur* au lieu de *Préface* — un des errata des éditions Lévy. M. Lemerre a également corrigé le scandaleux *erratum* du *Vin de l'ouvrier* et a rétabli « le wagon *enragé* » au lieu du wagon enrayé, chez MM. Lévy. Mais les erreurs du texte dans *La Muse malade, Le mauvais Moine, Sépulture, Spleen* et *La Mort des Artistes,* — que j'ai été le premier, je crois, à signaler — sont reproduites dans l'édition Lemerre : on n'a pas pris la peine de comparer le texte de l'édition Lévy aux textes corrigés par le Poète lui-même.

---

(1) Ibid. XXXI.

(2) Le titre de la pièce XCVI de l'éd. posthume est : *les Yeux de Berthe.*

(3) C'est « DES *Chiffonniers* » qu'il faut. Première édition p. 231 ; édition de 1869, p. 297.

(4) Crépet, p. 219.

(5) Charles Asselineau : Charles Baudelaire. Sa vie et son œuvre. Paris. Lemerre 1859.

J'INVITE maintenant le lecteur à ouvrir le volume des « *Fleurs du Mal* » édition définitive de Michel Lévy de n'importe quelle année, qu'on peut avoir partout, car le livre se réimprime presque chaque année et se vend comme du pain. Le lecteur trouvera d'abord la notice de Théophile Gautier. En jetant ensuite un regard sur mes *notes* il y verra le commentaire qui s'y rapporte : observations, rectifications, notules marginales. Ensuite, il arrivera à la *Dédicace*, à la *Préface* de Baudelaire et passant à la première partie du livre intitulée « Spleen et Idéal » il lira dans mes notes l'indication des variantes du texte primitif, de 1857. Enfin le lecteur abordera les poëmes dont le premier est *Bénédiction*, marqué du chiffre I romain. Mes notes qui suivent pas à pas les poëmes des *Fleurs du Mal* lui signaleront les variantes de 1857 et parfois, les rapports qui existent entre une pièce et d'autres, ce que Barbey d'Aurevilly a nommé « l'architecture secrète des Fleurs du Mal. » Dans cette partie de mon travail le lecteur bénévole pourra corriger bien des conjectures risquées par le scoliaste. Enfin, mes notes indiqueront, d'après des travaux précédents, la date de la publication du poëme. De cette façon, mon travail, si imparfait qu'il soit, aura son utilité comme le premier essai d'un commentaire que les Baudelairiens pourront compléter de notes marginales ou biffer de bons coups de crayon.

Épigraphe

On dit qu'il faut couler les exécrables choses
Dans le puits de l'oubli et au sépulchre encloses,
Et que par les écrits le mal ressuscité
Infectera les mœurs de la postérité ;
Mais le vice n'a point pour mère la science
Et la vertu n'est pas fille de l'ignorance.

(Théodore Agrippa d'Aubigné, *Les Tragiques*, liv. II.)

Cette épigraphe n'est plus reproduite dans la 2me éd. et a disparu depuis. C'est dommage. Les vers violents « donnés au public par le larcin de Prométhée » sont tirés du livre deuxième, intitulé *Princes*. (Jouaust, 1872, page 109).

Dans l'édition posthume on trouve une pièce de vers intitulée *Epigraphe pour un livre condamné* (CXXXIII) où le poëte dit au lecteur paisible :

Jette ce livre saturnien
Orgiaque et mélancolique.

Le Titre

Le titre romantique « Les Fleurs du Mal » trouvé par le critique Hyppolite Babou, un soir, au café Lemblin, ne désigne comme on sait qu'une partie du recueil : 12 pièces sur 100 de la première édition. Dès 1846, le recueil était annoncé sous le titre : *Les Lesbiennes*. En 1850, sous celui-ci : *Les Limbes*. Pour le poëte lui-même ce sont des « Fleurs maladives », comme il le dit dans sa dédicace « au parfait magicien ès-lettres françaises. » Elles sont pour Alfred de Vigny « les fleurs du bien — bouquet délicieusement parfumé de printannières odeurs — avec je ne sais quelles émanations du cimetière de Hamlet. » (Lettre à Baudelaire, 1862.) Edouard Thierry veut y voir « les fleurs... qu'engendrent les cloaques impurs et délétères » fleurs, dirons-nous, inconnues aux botanistes, mais chères à la rhétorique du temps. « Ce nom lugubre, observe le judicieux Dulamon, en défend la lecture aux âmes pures et novices. » Barbey d'Aurevilly, toujours coiffé de son panache, s'écrie que « Les Fleurs du Mal, horribles de fauve éclat et de senteur composent un bouquet empoisonné... mais n'en croyez le titre qu'à moitié. Ce ne sont pas les Fleurs du Mal « c'est le plus violent extrait de ces fleurs maudites. » Emile Deschamps aspire « leurs poisons enivrants, tous leurs parfums terribles. » C'est, pour lui, un bouquet effrayant, comme il le répète dans des vers assez mous qui, malgré l'excellente intention de défendre Baudelaire, s'y emploient avec de singuliers arguments tels que : ...le Réel est ici le sujet. (!) Toutes ces belles choses sont dans l'Appendice de l'édition posthume.

Le poète lui-même a émis deux opinions sur son livre. L'une, destinée aux juges, déclare « le livre empreint d'une spiritualité ardente. » (1) *Révolte* est précédée, dans la première édition seulement, d'une note que le poète n'a plus reproduite. « Fidèle à son douloureux programme, l'auteur des Fleurs du Mal a dû, en parfait comédien, façonner son esprit à tous les sophismes comme à toutes les corruptions. » Au public également étaient destinées trois préfaces que Baudelaire n'a pu imposer à la pusillanimité de son éditeur. M. Crépet les a retrouvées. Elles sont à relire dans son livre. Ces morceaux sont très remarquables. « Il m'a paru plaisant, dit le Poète, d'extraire la beauté du Mal. Ce livre essentiellement inutile et absolument innocent n'a pas été fait dans un autre but que de me divertir et d'exercer mon goût passionné de l'obstacle. Quelques-uns m'ont dit que ces poésies pouvaient faire du mal, je ne m'en suis pas réjoui. D'autres, de bonnes âmes, qu'elles pouvaient faire du bien ; et cela ne m'a pas affligé. » (2)

Une autre opinion, pas pour le public, est exprimée par Baudelaire dans une lettre à son ami, M. Ancelle (28 Février 1866). C'est la pensée intime du poète. « Faut-il vous le dire à vous qui ne l'avez pas plus deviné que les autres, que dans ce livre atroce, j'ai mis toute ma pensée, tout mon cœur, toute ma religion (travestie), toute ma haine ? Il est vrai que j'écrirai le contraire, que je jurerai mes grands dieux que c'est un livre d'art pur, de singerie, de jonglerie ; et je mentirai comme un arracheur de dents. » (3)

Dans une lettre à Poulet-Malassis (1er Mai 1859) Baudelaire soulignait ces mots qui résument son propre jugement sur son œuvre : *Mes Fleurs du Mal resteront.* (4) Ce jugement est confirmé par la postérité.

La Notice

La notice de Théophile Gautier imprimée pour la première fois en tête de l'édition posthume et datée du 20 Février 1868 contient quelques inexactitudes.

Déjà dans un article publié dans *le Moniteur* du 9 Septembre 1867, Gautier prétendait que « *Baudelaire est né dans l'Inde* », — erreur reproduite par Gautier dans une autre notice consacrée à Baudelaire dans le livre de M. Crépet : *Les poëtes français* (Hachette 1863. IV. p. 599). qu'il *débuta* par des traductions de Poë (nom que Gautier écrit avec un tréma, orthographe fautive, maintenue cependant jusqu'à présent : voyez p. e. les éditions Guillaume) parmi lesquelles il cite *Monasuna* (!) (Monos et una) et *les dents de Bérénice* (Bérénice). On sait que Baudelaire débuta en 1845 par un livre sur le Salon.

Notule : Pour les jours de pluie ou de mélancolie noire, je ne saurais trop recommander de parcourir pour se désopiler la rate, la notice du *Larousse* au mot *Baudelaire*. On y trouvera outre un réjouissant article de Pontmartin, quelques pensées délicates qui sont au Larousse lui-même : « Espérons les Fleurs du bien... Le Ciel n'a pas voulu qu'il meure (en 1866) et le repentir poétique est désormais pour lui une dette d'honneur. »

Celle-là n'a pas été dépassée !

(1) Note de C. B. Ed. posthume : Lévy ; Appendice.

(2) Attesté par Poulet-Malassis et Charles Monselet. Voyez *Jules Le Petit, La Plume*, 1er juillet 1893, « Charles Baudelaire. Documents autographes inédits. »

Cet article reproduit en fac-simile le contrat, daté du 30 décembre 1856, conclu entre Baudelaire et ses éditeurs : Baudelaire vend deux ouvrages, *Les Fleurs du Mal* et *Bric-à-Brac esthétique*. Chaque tirage sera de 1.000 exemplaires. L'auteur pour prix de cette vente touchera 25 centimes par exemplaire tiré.

Les Fleurs du Mal ont donc été payées 250 francs ! Deux francs cinquante chaque pièce.

(3) Crépet. p. 2.

(4) Crépet.

(5) Epigraphe pour un livre condamné. L'Examen de Minuit. Madrigal triste. A une Malabaraise. L'Avertisseur. Hymne. La Voix. Le Rebelle. Le Jet d'eau. Les Yeux de Berthe. La Rançon. Bien loin d'ici. Recueillement. Le Gouffre. Les plaintes d'un Icare. Le Couvercle.

(6) Le Coucher du Soleil romantique. A Théodore de Banville. Vers pour un portrait d'Honoré Daumier. Lola de Valence. Sur le Tasse en prison. Le Calumet de paix. La prière d'un Payen. L'Imprévu. La Lune offensée.

Cet article du *Moniteur* a été réimprimé avec toutes ses erreurs dans « *Portraits Contemporains* » de Théophile Gautier. Je cite la 4me édition, 1881, Charpentier, éditeur, pages 159-164.

Ces erreurs ont heureusement disparu de la *Notice* des Fleurs du Mal, mais la date de la naissance — le 21 Avril 1821 — est inexacte. C'est le 9 Avril qu'indique l'acte de baptême publié par Crépet.

Dans la notice, Gautier affirme que « *la première fois que nous rencontrâmes Baudelaire ce fut vers le milieu de 1849, à l'hôtel Pimodan.* »

Ce serait inexact, selon M. Auguste Vitu.

En 1849, ni Gautier, ni Baudelaire n'habitait l'hôtel de Pimodan. Gautier y aurait passé il doit y avoir trente ans de cela. Cet article attribué à Vitu étant de 1867, ce serait 1837 qu'il faudrait lire au lieu de 1849 ?

Question litigieuse. (1)

« *On nous dit que Baudelaire avait voyagé longtemps dans l'Inde.* » Longtemps est exagéré. Selon Crépet : Départ de Baudelaire pour les Indes : Mai 1841, retour en France : Février 1842. Traject 9 mois. Séjour aux Indes : un mois.

« *Le vin de l'ouvrier fait frémir.* » Il n'existe pas de piece de ce nom. Il s'agit probablement du vin de l'assassin.

« *Allitération* » Gautier n'en cite pas d'exemple. En voici deux que je ne trouve cités nulle part : Le long fleuve du fiel des douleurs anciennes. (2)

Profond et froid, coupe et fend comme un dard (3). « *Le fameux Gaspard de la Nuit d'Aloysius Bertrand* ». Il s'agit d'un livre de Louis Bertrand, fantaisie à la manière de Rembrandt et de Callot, précédé d'une notice par M. Sainte-Beuve. Angers, 1842. Imprimerie-librairie de Victor Pavie. Rue Saint-Louis. A Paris chez Labette, Quai Voltaire. Cette note m'est fournie par le livre de M. L. Derôme : *Causeries d'un ami des livres. Les éditions originales des romantiques*. I. p. III (Paris Rouveyre.) Baudelaire cite le livre dans sa préface des « Petits Poèmes en prose » dédiés à Arsène Houssaye. (4)

Dédicace au Poëte impeccable, etc...

reproduite invariablement dans toutes les éditions.

Cette dédicace était d'abord une profession de foi « qui, d'ailleurs, avait pour défaut d'attirer les yeux sur le côté scabreux du volume et de le dénoncer. » Une nouvelle dédicace fut discutée, convenue et consentie par Théophile Gautier. C'est celle qui figure en tête des Fleurs du Mal. Baudelaire y attachait un grand prix. « Je vous recommande ma dédicace avec un amour infini, écrivait-il à Poulet-Malassis ; quelque chose de menu, d'élégant, avec proportions et mettant un peu plus en vue les trois ou quatre parties principales. »

Mécontent de la première épreuve, Baudelaire, le 18 Mars 1857, écrit : « Cette dédicace ne peut pas passer et puisque mon goût diffère du vôtre — (je maintiens la nécessité de retrécir la longueur, la hauteur, si vous aimez mieux de *rapetisser* tous les caractères, les prenant tous d'un œil moins gras,) — je vous offre, et ne vous fâchez pas, de vous rembourser *le prix du papier* et du *tirage* de cette feuille. »

Le 24 Mars il attend « la première feuille recomposée avec la nouvelle dédicace. » ...Crépet. l. c. 144-160.

Tel fut toujours Baudelaire : désintéressé, fervent artiste en tout, sachant bien qu'entre l'idée, le mot et la forme il existe un lien subtil, mais vivant.

---

(1) Baudelaire etc., par Poulet-Malassis, l. c. p. 117.

(2) Voyage à Cythère.

(3) Le Chat.

(4) Pour Louis Bertrand, qui fut près de devenir un maître. — Voir encore : Asselineau : *Melanges tirés d'une petite bibliothèque romantique* (rare) ; de Montifaud : *Les Romantiques* (médiocre).

Le possédé

Le Soleil s'est couvert d'un Crêpe; Comme lui,
Ô Soleil de mon âme, emmitouffle-toi d'ombre;
Dors ou fume, à ton gré; sois muette, sois sombre,
Et plonge tout entière au gouffre de l'Ennui;

Je t'aime ainsi! Pourtant si tu veux aujourd'hui,
Comme un astre éclipsé ~~sortant~~ qui sort d'une ~~de la~~ pénombre,
Te pavaner aux lieux que la Folie encombre,
C'est bien! Charmant poignard, jaillis de ton étui!

Allume ta prunelle à la flamme des lustres;
Allume le désir dans les regards des rustres;
Tout de toi m'est plaisir morbide ou pétulant;

Sois ce que tu voudras, nuit noire, rouge aurore,
Il n'est pas une fibre en tout mon corps tremblant
Qui ne crie : Ô mon cher Belzébuth, je t'adore!

Charles Baudelaire.

Imprimez-moi cela (sans faute) dans votre journal.

Je commence à croire qu'au lieu de six fleurs j'en ferai vingt.

Sonnet autographe de CHARLES BAUDELAIRE

VARIANTES

La lettre **A**. donne le texte de la *première* édition des *Fleurs du Mal* de 1857. (Poulet-Malassis et de Broise, éditeurs).

La lettre **B** indique la variante de la seconde édition de 1861, remaniée et corrigée par Baudelaire. (Mêmes éditeurs).

La lettre **C** se rapporte à l'édition posthume, dite définitive, avec des variantes d'origine inconnue. Je me suis servi de deux exemplaires des *Fleurs du Mal*, l'un de 1869 de Michel Lévy frères, l'autre, identique, de 1886, de Calmann Lévy — simple réimpression, avec les mêmes fautes que celle de 1869.

Les **Notes** comprennent l'indication de la première publication du poëme, quand il a été publié dans un journal ou une revue ; ces renseignements sont empruntés pour la plupart aux *Essais de bibliographie contemporaine. — Charles Baudelaire*, par MM.A. de la Fizelière et Georges Decaux. Paris 1868, in-12, reproduits dans la très intéressante brochure anonyme, attribuée par M. Crépet à Poulet-Malassis : *Charles Baudelaire*. Souvenirs-Correspondances. Chez René Pincebourde. Paris 1872. J'ai beaucoup consulté l'ouvrage si considérable de M. Crépet : Œuvres posthumes de Charles Baudelaire. *L'étude bibliographique sur les œuvres de Charles Baudelaire*, dans l'intéressant ouvrage du Vicomte de Lovenjoul : *Les Lundis d'un chercheur* (Paris. Calmann Lévy. 1894. p. 249-303.) m'a fourni de précieuses indications et des variantes. Ce travail de l'éminent bibliologue est le plus complet, le plus riche en renseignements. Quand la première publication d'un poëme n'est pas indiquée, cela signifie qu'il a paru pour la *première* fois dans le recueil « Les Fleurs du Mal » de 1857. J'ai écrit, ensuite, un peu au hasard, des notules trop souvent incomplètes, comme on en met aux marges des livres aimés et fréquemment relus.

Pour les numéros des pièces j'ai suivi l'ordre de la *première* édition. Le numéro romain permet au lecteur de retrouver le morceau qui l'intéresse dans l'édition courante. Je ne saurais trop recommander de relire le texte même avec les notes. C'est non seulement une jouissance nouvelle, mais en même temps le meilleur des commentaires !

A. Au Lecteur. (1) *Dans nos cerveaux malsains comme un million d'helminthes, Grouille, chante et ripaille un peuple de Démons. Et quand nous respirons, la Mort dans nos poumons S'engouffre, comme un fleuve, avec de sourdes plaintes. ...les lyces. ...ne fasse ni grands gestes ni grands cris.* **B.** Au Lecteur. *Serré, fourmillant comme un million d'helminthes, Dans nos cerveaux ribote un peuple de Démons, Et quand nous respirons, la Mort dans nos poumons Descend, fleuve invisible, avec de sourdes plaintes. ...Les lices. ...ne pousse ni grands gestes, ni grands cris.* (2) **C.** Préface. (3) Texte conforme à la 2me édition. **Notes :** (1) Publié dans la *Revue des Deux-Mondes* 1er Juin 1855. (2) Ce changement n'est pas heureux. (3) Changement absurde. Ce n'est pas une préface, c'est bien une invocation au lecteur.

SPLEEN & IDÉAL. — **A.** I. Bénédiction : *Puisqu'il me trouve belle et qu'il veut m'adorer, Que souvent il fallait repeindre et redorer. Et je veux me soûler de nard, d'encens, de myrrhe. Montés par votre main...* **B.** I. *Puisqu'il me trouve assez belle pour m'adorer, Et comme elles je veux me faire redorer ; Et je me soûlerai de nard, d'encens, de myrrhe. Par votre main montés.* **C.** I. **Notes** : ...*Miroirs obscurcis et plaintifs.* Image affectionnée du poëte. Comparez : *La Mort des Amants. Nos deux esprits, ces miroirs jumeaux. ...Les miroirs ternis et les flammes mortes.*

A. II. Le Soleil : *Ainsi qu'un poëte.* **B.** LXXXVII. *Ainsi qu'un poëte.* **C.** CIX.

A. III. Élévation : *Par-delà le soleil, par-delà les éthers. Derrière les ennuis et les sombres chagrins.* **B.** III. *Par delà le soleil, par delà les éthers. Derrière les ennuis et les vastes chagrins.* **C.** III.

A. IV. Correspondances. **B.** IV. **C.** IV. **Notes** : Pas de variantes : pièce achevée dans sa perfection, considérée par M. Brunetière (1894) comme le commencement du symbolisme moderne en poésie. (Evolution de la Poésie lyrique. II. 233.)

Selon Théophile Gautier (Notice p. 31) *Correspondances* serait un terme de l'idiôme mystique de Swedenborg. Mais ce célèbre sonnet est déjà indiqué dans un passage du *Salon de 1846* (Baudelaire. Curiosités Esthétiques, éd. Calmann Lévy 1869, p. 93) « ...Je me rappelle un passage d'Hoffmann qui exprime mon idée... : je trouve une analogie et une réunion intime entre les couleurs, les sons et les parfums... qui doivent se réunir dans un merveilleux concert... L'odeur des soucis bruns et rouges... me fait tomber dans une profonde rêverie et j'entends alors comme dans le lointain les sons graves et profonds du hautbois. (Kreisleriana). »Quant à Swedenborg, il enseignait que le monde spirituel invisible *correspond* au monde matériel et visible, de telle sorte que les objets sensibles, depuis le plus petit jusqu'au plus grand représentent des choses spirituelles (Larousse). Or ce n'est pas dans ce sens *mystique* que Baudelaire entend ici les *Correspondances*, c'est bien dans le sens hoffmanien.

A. V. J'AIME LE SOUVENIR DE CES ÉPOQUES NUES : *Dont le soleil se plait à dorer les statues. D'être fier des beautés dont il était le roi, Le poète aujourd'hui, A l'aspect du tableau plein d'épouvantement De monstruosités que voile un vêtement; Des visages manqués et plus laids que des masques. De tous ces pauvres corps, maigres ventrus ou flasques. Que le Dieu de l'utile. De ces femmes hélas. Que ronge et que nourrit la honte, et de ces vierges.* **B**. V. *Dont Phébus se plaît. D'être fier des beautés qui le nommaient leur roi. Le Poète aujourd'hui, Devant ce noir tableau plein d'épouvantement. O monstruosités pleurant leur vêtement! O ridicules troncs! Torses dignes des masques! O pauvres corps tordus, maigres ventrus ou flasques. Que le dieu de l'utile. Et vous, femmes, hélas. Que ronge et que nourrit la débauche, et vous, vierges.* **C**. V.

A. VI. LES PHARES : *Pour tenter les Démons. Que ce long hurlement qui roule d'âge en âge.* **B**. VI. *Pour tenter les démons. Que cet ardent sanglot qui roule d'âge en âge.* **C**. VI. **Notes** : 1. Le poète, dans l'édition deuxième, a changé sa ponctuation. Il y avait après Léonard de Vinci — Rembrandt — Michel-Ange — Watteau — Goya — Delacroix — des tirets que Baudelaire a remplacé par des virgules. Or, les variantes de *ponctuation* (que je n'ai garde d'omettre dans mes notes) avaient pour le Poète une véritable importance. « *Quant à ma ponctuation*, écrivait-il, en soulignant, à Poulet-Malassis en Mars 1857, *rappelez-vous qu'elle sert à noter non seulement le sens, mais la déclamation.* (Crèpet, p. 148.)

2. Baudelaire a lui-même commenté ce morceau dans son article sur l'*Exposition Universelle 1855*.

« Un poète a essayé d'exprimer ces sensations subtiles dans des vers dont la sincérité peut faire passer la bizarrerie :

Delacroix, lac de sang, etc. (4 vers sont cités) *Lac de sang* : le rouge ; — *hanté de mauvais anges* : surnaturalisme ; — *un bois toujours vert* : le vert, complémentaire du rouge ; — *un ciel chagrin* : les fonds tumultueux et orageux de ses tableaux ; — *les fanfares et Weber* : idées de musique romantique que réveillent ces harmonies de sa couleur. » (Curiosités esthétiques, p. 242. » Le fond de la Pieta est vert sombre. (Cur. Esth. p. 108.)

3. La comparaison de Delacroix à Weber est déjà exprimée en 1846 (ibid. p. 116) ...Couleur plaintive et profonde comme une mélodie de Weber.

4. Les couleurs et les sons se répondent. (v. Correspondances.)

A. VII. LA MUSE MALADE : *Et je vois tour à tour réfléchis sur son teint.* **B**. VII. id. **C**. VII. *Et je vois tour à tour* étalés *sur son teint.* **Notes** : Le poète, dans les deux éditions avait écrit et maintenu *réfléchis*. L'éditeur de l'édition *posthume* a cru devoir mettre *étaler*, ce qui aggrave désagréablement la répétition des dentales et reproduit un mot qui se trouve dans le dernier tiercet du sonnet suivant. Là il est à sa place — *étaler ces appas*... mais étaler *la folie et l'horreur !* Il est peu *réfléchi d'étaler* son manque de goût sur l'œuvre d'un poète qui étant mort, ne peut plus se défendre.

A ajouter aux *errata* de MM. Lévy frères !

En revanche, l'édition posthume met une majuscule à Muse que le poète écrit *muse*.

Auquel tu ne crois guères, est une faute d'impression de la 1re signalée par le Poète et corrigée dans la 2me : tu ne crois guère.

A. VIII. LA MUSE VÉNALE. **B**. VIII. **C**. VIII. Pas de variantes.

A. IX. LE MAUVAIS MOINE : *Les cloitres anciens sur leurs grandes murailles.* **B**. IX. **C**. IX. *Les cloitres anciens sur* les *grandes murailles.* (1) Pas de variantes. **Notes** : Publié dans le journal *Le Messager de l'Assemblée*, le 9 Avril 1851.

(1) Encore une négligence de l'édition posthume ! Je trouve *les* pour *leurs* dans l'édition posthume de 1869 et de 1886. Cela ne varie plus, le texte *définitif !* Lire *leurs* grandes murailles...

Ce sonnet se rattache aux pièces qui forment l'autobiographie symbolique du poète.

A. X. L'ENNEMI. (1) **B**. X. **C**. X. Pas de variantes.

A. XI. LE GUIGNON. (2) **B**. XI. **C**. XI. Pas de variantes.

A. XII. LA VIE ANTÉRIEURE : . . *tout puissants accords. Au milieu de l'azur, des flots et des splendeurs.* **B**. XII. ...*tout-puissants*... *Au milieu de l'azur, des vagues, des splendeurs.* **C**. XII. **Notes** : (1, 2, 3) Publiés dans la *Revue des Deux-Mondes*, 1er juin 1855.

Les pièces VII-XII rattachées par un lien intime semblent former un cycle à part : l'autobiographie symbolique du Poète.

A. XIII. BOHÉMIENS EN VOYAGE. **B**. XIII. **C**. XIII. **Notes** : Cet admirable sonnet, un des chefs-d'œuvre de la poésie française, n'a pas de variantes.

Dans un fragment du Drame de Baudelaire : *La Fin de Don Juan*, on trouve ces lignes : Voilà des Zingaris... je parierai presque qu'ils ont des éléments de bonheur que je ne connais pas. « (C'est Don Juan qui parle.) Cette race bizarre à pour moi le charme de l'inconnu. »

Dans « *Mon cœur mis à nu* » : glorifier le vagabondage et ce qu'on peut appeler le bohémianisme. » (Crépet 144.)

Aspiration au voyage, à l'exotisme, un des idéals du poète : L'invitation au voyage. Moesta et errabunda. Le Voyage, etc.

A. XIV. L'HOMME ET LA MER (3) : *Vous êtes tous les deux ténébreux et discrets; Homme, nul ne connait le fond de tes abîmes.* **B**. XIV. *Vous êtes tous les deux ténébreux et discrets : Homme nul n'a sondé le fond de tes abîmes ;* **C**. XIV. *Homme libre toujours tu chériras la mer.* (1) *O mer,* (2) *nul ne connait.* **Notes** : (1. 2) L'édition posthume supprime ici les points d'exclamation que le poète avait soigneusement maintenus dans la seconde édition. Ceci encore est absolument arbitraire et dénature le texte.

(3) La pièce a paru dans la *Revue de Paris*, octobre 1842, sous ce titre : l'Homme libre et la Mer.

— Ici la Mer, c'est encore l'Idéal. Dans *Obsession*, la Mer assombrie par le Spleen.
Baudelaire aimait à se réfugier à Honfleur, près de sa mère, Mme Aupick, qui y possédait une petite maisonnette.

A. XV. Don Juan aux enfers (1) : *Montrait à tous les morts errants sur le rivage*. **B**. XV. *Montrait à tous les morts errants sur les rivages*. **C**. XV. **Note** : (1) Publié dans l'*Artiste*, 6 septembre 1846. Titre : l'Impénitent.
Comparez le fragment la fin de Don Juan. (Crépet)
Don Juan est aussi un idéal pour le spleenétique poète.
Le même sujet : la fin de Don Juan, avait tenté Flaubert. C'est une des similitudes de Flaubert et de Baudelaire : tous les deux nés en 1821, débutent en 1857, jugés à la correctionnelle en 1857 pour des livres rénovateurs et d'un *style* impérissable, spleenétiques, idéalistes et outranciers. Voyez la lettre de Flaubert à Baudelaire du 13 Juillet 1857. (Poulet-Malassis.)

A. XVI. Chatiment de l'Orgueil : *Où les purs Esprits seuls étaient venus*, — *Comme un homme... Jésus, petit Jésus ! Je t'ai porté bien haut !* **B**. XVI. *Où les purs Esprits seuls étaient venus*. —. *Comme un homme... Jésus, petit Jésus ! Je t'ai poussé bien haut !* **C**. XVII. **Notes** : Publié dans le *Magasin des Familles (!)* Juin 1850, avec l'*Ame du Vin* (Le vin des honnêtes gens) et suivi de cette note : « Ces deux morceaux inédits sont tirés d'un livre intitulé *Les Limbes* qui paraîtra très prochainement et qui est destiné à représenter les agitations et les mélancolies de la jeunesse moderne. »
Dans la première édition la page est marquée 44 par erreur, au lieu de 45.
L'édition posthume a rétabli le tiret devant le 9me vers, que le poète avait replacé à la fin du 8me. En outre, elle a ajouté un blanc après le 21me. Or le poète *ne voulait pas* scinder le morceau en trois parties et n'avait mis qu'un seul blanc après « fœtus dérisoire. » .

A. XVII. La Beauté : ...*mes grandes attitudes*, *Qu'on dirait que j'emprunte aux plus fiers monuments*. *Car j'ai pour fasciner... De purs miroirs qui font les étoiles plus belles* : **B**. XVII. *Que j'ai l'air d'emprunter aux plus fiers monuments*. *Car j'ai pour fasciner... De purs miroirs qui font toutes Choses plus belles* ; **C**. XVIII. **Notes** : Publié dans la *Revue Française*, 20 Avril 1850.
Ce morceau, avec ceux qui suivent, l'*Idéal*, la *Géante*, le *Masque*, et *Hymne à la Beauté* — composent un cycle qui a pour objet la Beauté, *idéal* du poète, la contre partie de son *Spleen*.
L'édition posthume a remplacé la virgule, maintenue par le poète après le 7me vers, par un point et virgule qui gêne la déclamation.
Un rêve de pierre a tenté le Poète dans le morceau intitulé « Un Rêve Parisien » éd. posthume.

A. XVIII. L'Idéal. **B**. XVIII. **C**. XIX. **Notes** : Publié dans le *Messager de l'Assemblée*, du 9 Avril 1851.

A. XIX. La Géante. **B**. XIX. **C**. XX. **Notes** : Publié dans la *Revue Française*, le 20 avril 1857.
Baudelaire prétendait avoir aimé des géantes de la Foire. (v. Crépet.)
Après les vers 6 et 8, le poète dans la 2me éd. a mis des points et virgule au lieu des virgules de la 1re.

A. XX. Les Bijoux. **Notes** : Voici, je crois, le cycle de Jeanne Duval qui commence. Ici, notons comme indice caractéristique « le teint fauve et brun » « la peau couleur d'ambre » de la mulâtresse.
Le morceau est intimement lié à XXI *Parfum exotique*.

A. XXI. Parfum exotique. **B**. XXII. **C**. XXIII. **Note**. : Pièce marquée XXII dans la 2me édition où le poète après *Le Masque* a inséré XXI. *Hymne à la Beauté*.
Après le vers 4 dans la 1re éd. il y a deux points : dans la 2me un point et virgule ;
2me pièce du cycle de Jeanne Duval. Caractéristique : l'exotisme, la magie évocatrice de l'odorat.

A. XXII. Je t'adore a l'égal de la voûte nocturne. **B**. XXIV. **C**. XXV. **Notes** : Pièce, selon M. Crépet, écrite après la connaissance de Jeanne Duval qui fut la maîtresse du poète en 1843. Baudelaire jusqu'en 1866 lui resta attaché, malgré les infirmités causées peut-être par l'alcoolisme, malgré ses fréquentes demandes d'argent. Cet amour qui éclate dans une série d'admirables poésies, qui dure 23 ans, n'est-il donc rien ? Pourquoi les amis du poète et ses biographes ont-ils accablé Jeanne de leurs dédains ? Cette mystérieuse et énigmatique mulâtresse n'est-elle pas aussi intéressante que la Guiciolli ou Mme Mathilde Heine ?
Dans la 2me éd. le poète a ajouté un nouveau poème : XXIII. *La Chevelure* — qui appartient également au cycle de Jeanne Duval : crinière d'ébène parfumée...
Notez que ce motif : *Comme après un cadavre un chœur de vermisseaux*, sera repris par le poète dans *La Charogne* où l'image la plus répugnante viendra comme antithèse aux choses de l'Amour et à l'éclat de la Beauté.

A. XXIII. Tu mettrais l'univers entier dans ta ruelle. **B**. XXV. **C**. XXVI. **Notes** : Après le vers 8 il y avait dans la première éd. un blanc qui indiquait un repos et un changement de ton.
Cette disposition a disparu dans l'édition posthume.
La pièce serait aussi du cycle de Jeanne Duval, car l'amour s'y joint à l'imprécation. Le poète a voulu que ce poème se rattachât à *Sed non satiata* et à la pièce XXII. (Je t'adore à l'égal de la voûte nocturne.)
Remarquez que Jeanne a des *yeux noirs*, qu'elle est brune comme les nuits et que son parfum — c'est le musc et le havane. Nous trouverons plus loin des vers adressés à une femme aux yeux « *bleus, gris ou verts* » — ce qui permettra d'établir que la pièce n'est plus du cycle de Jeanne Duval.

A. XXIV. Sed non satiata. **B**. XXVI. **C**. XXVII. Pas de variantes.

A. XXV. Avec ses vêtements ondoyants et nacrés. **B**. XXVII. **C**. XXVIII. **Notes** : *Ainsi que les serpents*... Cette image est reprise dans la pièce suivante : *Le Serpent qui danse*.
Publié dans la *Revue Française*, 20 avril 1857.
Cycle de Jeanne Duval, caractéristique : la démarche.

A. XXVI. Le Serpent qui danse : *Quand ta salive exquise monte*. **B**. XXVIII. *Quand l'eau de ta bouche monte*. **C**. XXIX. **Notes** : Cycle de Jeanne Duval : La démarche, les yeux...
1re édition, après le vers 20. *Au bout d'un bâton*, il y avait une virgule, que le poète remplaçait par un point dans la deuxième.

Cette pièce est à rapprocher de l'*Amour du mensonge* où on retrouve le même terme : *Chère indolente* et du *Beau Navire* où reviennent les comparaisons de l'éléphant et du vaisseau, ce qui permet de classer ces pièces dans le cycle de Jeanne Duval.

A. XXVII. Une Charogne : Variantes de ponctuation au vers 15. **B**. XXIX. **C**. XXX. **Notes** : L'idée de ce poème célèbre, invariablement reproché au poète par tous les Aristarques, est déjà indiquée dans *Je t'adore à l'égal de la voûte nocturne*.

Peut-être est-il aussi du cycle de Jeanne Duval ?

Ponctuation. Après le vers 14 ...*s'épanouir*, dans la première édition, il y avait un point et virgule, remplacé dans la deuxième par un point. Après *de larves* (vers 19) le poète ajoute une virgule, enlève l'accent grave qui dénaturait le mot *ou* (vers 22) met des virgules après *quand vous irez*, *floraisons grasses*, *mangera de baisers*. Ces corrections montrent bien avec quel soin Baudelaire avait revu son texte de 1857.

Comparez : *le Vampire* : je suis lié ...Comme aux vermines la charogne.

A. XXVIII. De profundis clamavi. **B**. XXX. **C**. XXXI. **Notes** : Dans l'édition posthume on a retranché, à tort, un tiret devant le 8me vers.

Le lecteur qui voudra épurer le texte et en rétablir l'intégrité — fera bien de noter ce tiret avant le vers : — *Ni bêtes, ni ruisseaux, ni verdure, ni bois !* Ce tiret est une indication pour la lecture à haute voix.

Malgré le titre religieux, malgré le T du « Toi l'unique que j'aime », ce sonnet paraît être l'expression d'une mélancolie érotique. Ce T majuscule, incitant à croire qu'il s'agit de Dieu, n'est qu'une mystification de Baudelaire qui se plaisait à cet exercice. Il fut publié pour la première fois dans le *Messager de l'Assemblée* (*) du 9 Avril 1851, sous le titre : *La Béatrice*. En rapprochant ce sonnet de la pièce intitulée *La Béatrice* (CXL. éd. 1869) on trouve une certaine similitude de paysages désolés « sans verdure. »

Ces deux pièces recèlent le mystère d'un amour exaspéré. Relisez maintenant le terrible poème en prose intitulé : *Laquelle est la vraie* (XXXVIII. p. 115) et demandez-vous si la *Bénédicta* est la même que la *Béatrice ?* Aux commentateurs futurs du plus mystérieux des poètes modernes, à décider si le morceau no XXVIII doit se rapporter au cycle de Jeanne Duval.

(*) Réimprimé dans la *Revue des Deux-Mondes*, 1er Juin 1855.

A. XXIX. Le Vampire. *Toi qui comme un hideux troupeau*. **B**. XXXI. *Toi qui, forte comme un troupeau*. **C**. XXXII. **Notes** : L'amour que Baudelaire avait pour Jeanne Duval était fait d'extases et d'imprécations. Aussi est-il permis de grouper cette pièce avec les autres du cycle de Jeanne.

A. XXX. Le Léthé. **Notes** : Supprimé !

Cette splendide pièce, une des plus admirables que l'on puisse citer — devrait bien bénéficier de la clémence des temps présents et rentrer dans l'édition complète des *Fleurs du Mal*. Les six pièces condamnées ont été d'ailleurs réimprimées dans *La Plume*, nos 22 et 24, sans obstacle et sans que le monde croûlât.

N'est-il pas étrange que ce chef-d'œuvre soit encore assimilé aux produits de la pornographie vaurienne et délétère, alors que chaque vers y est pénétré d'une amertume superbe ?

Fait certainement partie du cycle de Jeanne Duval : airs indolents, crinière lourde, corps pareil au cuivre.

Pour les pièces supprimées j'indique les variantes des *Epaves*.

Dans un sommeil, douteux comme la mort. **B**. (Ch. Baudelaire. Les Epaves. Bruxelles 1874.) *Dans un sommeil aussi doux que la mort*.

A. XXXI. Une nuit que j'étais près d'une affreuse Juive. **B**. XXXII. **C**. XXXIII. **Notes**: Dans la 1re édition : juive ; 2me : Juive ; 1re : ô reine des cruelles, ; 2me : ô reine des cruelles !

Avant son départ forcé pour les Indes, Baudelaire avait connu une jeune juive de 20 ans, Sarah, surnommée Louchette, qui logeait rue Saint-Antoine. M. Prarond affirme que le poète était assez féru d'elle, mais n'en conserva pas un souvenir clément et lui consacra des strophes cruelles que M. Crépet a reproduites dans les « Œuvres posthumes » page XXI de l'étude biographique.

Je ne puis classer ce morceau dans le cycle de Jeanne Duval. Peut-être que la beauté au casque parfumé est un amour de jeunesse ?

Dans « Mon cœur mis à nu » (v. Crépet, p. 124) le poète écrit : Faire tous les matins ma prière à Dieu, *réservoir de toute force et de toute justice, à mon père, à Mariette et à Poe*, comme intercesseurs...

Prière : Ne me châtiez pas dans ma mère et ne châtiez pas ma mère à cause de moi. — Je vous recommande les âmes de mon père et de Mariette. (ibid.)

Qui est Mariette ? Est-ce l'être idéal que nous trouverons dans quelques poésies ?

Est-ce la *servante au grand cœur ?*

Mystère.

A. XXXII. Remords posthume : — *Car toujours le tombeau comprendra le poète,* — **B**. XXXIII. *(Car toujours le tombeau comprendra le poète)*, **C**. XXXIV. **Notes** : Cette poésie macabre doit être du cycle de Jeanne Duval « courtisane imparfaite. » L'amour du poète évoque souvent des images funèbres, et ce morceau rappelle « Sépulture » (LXXII de l'édition posthume, avec une variante inepte « *d'un poète maudit* »)

Le poète a changé sa ponctuation. Il a supprimé les *tirets* qui dominaient dans la 1re éd. Publiée dans la *Revue des Deux-Mondes*, 1er Juin 1855.

A. XXXIII. Le Chat **B**. XXXIV. **Notes** : Variantes. 1re éd. *Je vois ma femme en esprit* ; 2me ...*en esprit*.

C'est bien le cycle de Jeanne Duval.

Exemple d'allitération : *Profond et froid, coupe et fend comme un dard*.

A. XXXIV. Le Balcon : — *O toi, tous mes plaisirs, ô toi, tous mes devoirs !* — ...*vapeurs roses* ; ...*fraternelles* ; **B**. XXXVI. *O toi, tous mes plaisirs ! ô toi, tous mes devoirs !* ...*vapeurs roses*. ...*fraternelles*. **C**. XXXVI. **Notes** : Le Balcon. Ce chef-d'œuvre d'une beauté vraiment incomparable se rapporte également au cycle de Jeanne Duval.

Pour expliquer les mots : ô toi, tous mes devoirs — comparez ces fragments de « *Mon cœur mis à nu* » : « Jeanne 300, ma mère 200, moi 300 — 800 fr. par mois... gloire, paiement de mes dettes. *Richesse* de Jeanne et de ma mère. » (Crépet 122.)

A. XXXV. Je te donne ces vers afin que, si mon nom : *Et navire poussé par un grand aquilon,/ Fait travailler un soir les cervelles humaines/* **B.** XXXIX. *Et fait rêver un soir les cervelles humaines/ Vaisseau favorisé par un grand aquilon.* **C.** XL. **Notes** : *Statue aux yeux de jais.* — C'est bien Jeanne Duval, n'est-ce pas? comparez : *Par ces deux grands yeux noirs* (XXIV de la 1re).

C'est comme l'apothéose de l'Aimée, et son immortalité est assurée par ces vers impérissables.

Paru dans la *Revue Française*, 20 Avril 1857.

A. XXXVI. Tout entière : *Et tâchant de me prendre en faute.* **B.** XLI. *Et tâchant à me prendre en faute.* **Notes** : Voir pour le dernier vers « Correspondances » : *Les parfums, les couleurs et les sons se répondent.*

A. XXXVII. Que diras-tu ce soir, pauvre âme solitaire. **B.** XLII. **C.** XLIII. **Notes** : A la très belle, à la très bonne, à la très chère... Voyez *Hymne* (éd. Lévy, XCIV) A la très chère, à la très belle...

J'hésite à ranger ces pièces dans le cycle de Jeanne Duval. Il me semble que le poète a groupé *Le Flambeau vivant, Reversibilité* et *Confession* (qui ne peut en aucune façon se rapporter à Jeanne Duval) en vue de former avec *L'Aube spirituelle* et *Ciel brouillé* un cycle spiritualiste inspiré peut-être par une autre femme aux yeux bleus, gris ou verts. La femme qui ne saurait être confondue avec Jeanne, *la Statue aux yeux de jais, aux grands yeux noirs.* Dans ce cycle, l'amour, l'idéal du Poète semble transfiguré. L'accent de son lyrisme est autre.

A. XXXVIII. Le Flambeau vivant : *...ces yeux pleins de lumières,/Suspendant mon regard à leurs feux diamantés Astres dont le soleil ne peut flétrir la flamme!* **B.** XLIII. *...ces Yeux pleins de lumières, Secouant dans mes yeux leurs feux diamantés. Astres dont nul soleil ne peut flétrir la flamme!* **C.** XLIV. **Notes** : Publié dans la *Revue Française* du 20 Avril 1857.

Cet admirable sonnet est inspiré d'Edgard Poe : To Helen (1848) surtout les vers 6 et 7.

They are my ministers — yet J their slave.

A. XXXIX. A celle qui est trop gaie. **Notes** : Supprimée par arrêt du tribunal du 20 Août 1857.

Paraît se rapporter au cycle de Jeanne Duval : *Les retentissantes couleurs?* Voir l'article très documenté de M. le marquis Daruty de Grandpré, dans *La Plume* : Baudelaire et Jeanne Duval.

Mais d'après l'Architecture secrète des *Fleurs*, cette pièce se trouve en dehors du cycle de Jeanne et ne serait alors qu'une fantaisie fugitive et sanguinaire?

Ceci n'est qu'une simple conjecture : L'unité de ton qui règne dans toutes les pièces des *Fleurs du Mal* autoriserait l'hypothèse que le poète n'y aurait exprimé qu'un seul amour, différencié par des émotions diverses.

Vers 24 : *L'insolence de la nature.* **B.** (Epaves, Bruxelles 1874.) *de la Nature.* Au vers 36 : *J'infuse mon venin, ma sœur,* l'éditeur belge qui était Poulet-Malassis ajoutait cette *note* : Les juges ont cru découvrir un sens à la fois sanguinaire et obscène dans les deux dernières stances. La gravité du Recueil excluait de pareilles *plaisanteries.* Mais *venin* signifiant spleen ou mélancolie, était une idée trop simple pour des criminalistes.

A. XL. Reversibilité. **B.** XLIV. **C.** XLV. **Notes** : Pas de variantes. Seulement, dans la 1re édition, l'avant-dernier vers — *Mais de toi...* était précédé d'un tiret, que le poète a retranché dans la 2me.

Publié dans la *Revue des Deux-Mondes*, 1er Juin 1855.

On sait que Reversibilité est un terme de théologie. La reversibilité des peines ou des récompenses, les mérites des saints imputables pour diminuer les peines et augmenter les récompenses. (Littré.)

A. XLI. Confession : *...Votre bras poli/ S'appuya ; — sur le fond ténébreux de mon âme Ce souvenir n'est point point pâli. Qu'il ressemble au travail banal.* **B.** XLV. *Votre bras poli S'appuya (sur le fond ténébreux de mon âme Ce souvenir n'est point pâli.) Et que c'est le travail banal.* **C.** XLVI. **Notes** : Ponctuation changée dans la seconde édition. Le poète a supprimé les tirets devant les passages suivants : — *ou bien, comme des ombres...* — *riche et sonore instrument* — *une note plaintive* — *tout en chancelant* — *qu'il ressemble au travail banal* — *que tout craque.*

Revue des Deux-Mondes, 1er Juin 1855.

A. XLII. L'Aube spirituelle : *Le soleil a noirci les flammes des bougies.* **B.** XLVI. *Le soleil a noirci la flamme des bougies.* **C.** XLVII. **Notes** : Ponctuation changée. Après le 4me vers il y avait un point-et-virgule. Le poète a corrigé, en mettant un point après *un ange se réveille.* Il a effacé les tirets qui précédaient les vers 5 et 13.

Revue des Deux-Mondes, 1er Juin 1855.

L'édition posthume a mis une majuscule à *Soleil* du dernier vers, ce que le poète dans ses deux éditions, n'avait pas voulu faire.

Ce merveilleux sonnet est comme le centre du cycle spiritualiste qu'on pourra peut-être un jour nommer le cycle de Mariette?

A. XLIII. Harmonie du soir. **B.** XLVII. **C.** XLVIII. **Notes** : Publié dans la *Revue Française*, 20 avril 1857. Toujours fidèle à son système de simplification, le poete a effacé dans la 2me édition les nombreux tirets, (chers aux romantiques) de la première. Les vers 4 et 7 étaient placés entre deux tirets.

Les vers 11 et 15 étaient précédés d'un tiret.

Après le vers 15 qui dans la 1re édition était terminé par un point et virgule, le poète a posé trois points ... pour mieux détacher l'importance et l'inattendu du dernier vers.

Dans un roman de Mme Mathilde Sérao « Addio l'amore » l'héroïne se tue pendant qu'on lui lit ses vers.

A. XLIV. Le Flacon : 1) *Est poreuse ; — on dirait...* 2) *Quelquefois, en ouvrant un coffre d'Orient.* 3) *Ou dans une maison déserte quelque armoire, Sentant l'odeur d'un siècle, arachnéenne et noire* 4) *On trouve un vieux flacon jauni qui se souvient,* 5) *le vertige* 6) *Vers un gouffre où l'air est plein de parfums humains.* **B.** XLVIII. 1) *Est poreuse. On dirait...* 2) *En ouvrant un coffret venu de l'Orient.* 3) *Pleine de l'âcre odeur des temps poudreuse et noire* 4) *Parfois on trouve un vieux flacon qui se souvient,* 5) *le Vertige* 6) *Vers un gouffre obscurci de miasmes humains.* **Notes** : 1re édition. Tirets devant — *chrysalides funèbres.* Après : *...lourdes ténèbres.* — *...son suaire,* — Devant : — *glacés de rose,* — *lamés d'or* — *les yeux se ferment* — *Lazare odorant* — *dans le sein d'une sinistre armoire.* Tous ces tirets ont disparu dans la 2me édition.

Pièce très remaniée.
L'édition posthume écrit : orient, sans la majuscule du poète.
La prédilection maladive que Baudelaire avait pour les images funèbres se trahit ici comme dans *La Charogne* et tant d'autres pièces — d'un charme macabre, d'une beauté nouvelle et terrible.
Revue Française, 20 Avril 1857.

A. XLV. Le Poison : *Projette l'illimité*. **B**. XLIX. *Allonge l'illimité*. **C**. L. **Notes** : Un tiret devant — *Mes songes viennent*... a été supprimé dans la 2me édition.
1re éd. : *se voit à l'envers* ; 2me éd. *se voit à l'envers*...
Revue Française, 20 Avril 1857.

A. XLVI. Ciel brouillé. *Alternativement tendre, doux et cruel.* — *est-il bleu*, *Brumeuses saisons* ; — *Comme tu resplendis*, **B**. L. *Alternativement tendre, rêveur, cruel. (est-il bleu...) Brumeuses saisons*... *Comme tu resplendis*, **C**. LI. **Notes** : Les yeux *verts* relient ce poème au précédent.

A. XLVII. Le Chat : *Elle est toujours suave et profonde* .... *Et me pénètre comme un philtre*. **B**. LI. *Elle est toujours riche et profonde* ... *Et me réjouit comme un philtre*. **C** LII. **Notes** : Dans la première édition, cette pièce n'était pas divisée en deux parties. Cette division semblait indiquée par un tiret précédant le 7me quatrain : — *De sa fourrure*...
Le vers 3 était terminé par un point et virgule, remplacé depuis par un point. Le vers 26 n'avait pas de virgule après *si doux*, le vers 33 n'en avait pas après *mes yeux* ;
Les chats, chefs-d'œuvre de mécanique animale, aimés de maint poète, de Théophile Gautier, de Huysmans, furent particulièrement chéris de Baudelaire, qui consacra un petit cycle poétique à leur gloire. Il est composé des pièces suivantes : (numéros de l'éd. posthume) XXXV. *Le Chat*. LII. *Le Chat*. LXVIII. *Les Chats*.

A. XLVIII. Le beau Navire : ...*ô molle enchanteresse*, **B**. LII. *ô molle enchanteresse !* (idem au vers 13. **C**. LIII. **Notes** : « Diverses figures de femme paraissent au fond des poésies de Baudelaire, les unes voilées, les autres demi-nues, mais sans qu'on puisse leur attribuer un nom » dit Th. Gautier dans sa *notice*. Cependant nous trouvons dans les *Fleurs du Mal* les noms suivants : Berthe, Béatrix, Agathe, La Sisina, Marguerite, Francisca, Dorothée, nous connaissons celui de « l'affreuse juive, » Sarah Louchette... Nous savons que le poète a souvent évoqué l'image de Jeanne, le souvenir de Mariette ; qu'il a dédié l'*Héautontimoroumenos* et les *Paradis artificiels* à Mme J. G. F. Parmi les noms de femmes cités il doit y en avoir qui ne sont que des pseudonymes poétiques de Jeanne Duval. Je croyais d'abord qu'on pouvait classer cette pièce dans son cycle : caractéristique — sa démarche. Mais il est question ici d'une « *gorge triomphante* » et dans les *Bijoux*, Jeanne a le *buste d'un imberbe* ; dans la nomenclature laudative de ses charmes, on ne trouve pas l'apothéose de l'« Armoire à doux secrets » à panneaux bombés ; c'est ici qu'une interview avec la corsetière de Mlle Duval eut été décisive.

A. XLIX. L'Invitation au voyage. **B**. LIII. **C**. LIV. **Notes** : Pour l'explication de cette pièce, voir *Petits Poèmes en prose*. On y verra que le pays qui attire le poète est la *Hollande*.
Publié dans la *Revue des Deux-Mondes*. 1er juin 1855.
Les variantes se bornent à la ponctuation : dans la 1re éd. le vers 3 est terminé par un point et virgule, le 4 est précédé d'un tiret.
Ce morceau a été traduit en russe par le très distingué poète D. Meréjkofski et les tziganes moscovites en ont fait une romance : « Goloubka moïa ».

A. L. L'Irréparable : *Notre âme, honteux monument*. **B**. LIV. *Notre âme piteux monument*. **C**. LV. **Notes** : Variantes de la ponctuation 1re éd. vers 15 et 30 précédés d'un tiret — 18 et 50 deux tirets : — *à ce soldat brisé* — *toujours en vain*. —
Dans la première édition cette pièce n'est pas divisée en deux parties.
Publiée dans la *Revue des Deux-Mondes* 1er juin 1855 sous le titre *à la belle aux cheveux d'or* — Ceci est un indice précieux et qui prouve très clairement que « *l'adorable sorcière* » n'est pas Jeanne Duval. On pourrait supposer que cette belle inconnue *blonde* est l'héroïne aux yeux « bleus, gris ou verts » qui inspira ces poèmes : Le Poison, Ciel brouillé, L'Invitation au voyage, Chant d'Automne, à une Madone ?

A. LI. Causerie : *Ne cherchez plus mon cœur* ; *les monstres l'ont mangé*. .... *O Beauté, dur fléau des âmes !*... **B**. LV. *Ne cherchez plus mon cœur* ; *les bêtes l'ont mangé*. ... *O Beauté, dur fléau des âmes*, **C**. LVI. **Notes** : Variantes de la 1re éd. Après les vers 7 et 11 — un tiret.

A. LII. L'Héautontimoroumenos. **B**. LXXXIII. **C**. CV. **Notes** : Cette pièce très mystérieuse par elle-même, l'est encore par deux circonstances extraordinaires : dans la 1re édition elle portait le chiffre LII et était placée entre *Causerie* et *Franciscæ meæ laudes*, en terminant un groupe distinct que j'oserai, avec quelque hésitation, nommer *le Cycle de la Femme aux yeux verts*. Dans la seconde édition, le poète enlève de sa place ce poème mystérieux et le met très loin, sous le no 83, ce qui dérange les lignes de l'architecture secrète.
Autre mystère : Dans la 1re éd. pas de dédicace. Dans la 2me on lit : A J. G. F. Ce sont les mêmes initiales que dans la *Dédicace* des Paradis Artificiels et par cette dédicace nous savons qu'elles se rapportent à une femme que le poète nomme « *ma chère amie* ». Mais la vie de Baudelaire est encore si obscure que nous ignorons absolument le nom de celle qui inspira au poète ces vers si puissants et si amers.
Publié dans l'*Artiste*, le 10 Mai 1857.
Variantes : 1re éd. tirets avant — *Comme un boucher !* — *Et je ferai de ta paupière*. 2me éd. Point d'exclamation remplacé par une virgule. Tiret supprimé.
On sait que le titre de ce poème est celui d'une comédie de Térence, imitée de celle de Ménandre.
Le vieux Ménédème, père de Clinias, *se punit lui-même* d'avoir traité son fils avec trop de sévérité, en s'astreignant à d'âpres labeurs.
C'est dans la comédie latine que se trouve le fameux vers : Homo sum : humani nihil A me alienum puto — qui d'ailleurs n'a pas ici le sens largement humanitaire que nous lui attribuons en le citant.
Pour Baudelaire, l'Héautontimoroumenos, celui qui se punit lui-même est le poète : il souffre des tourments qu'il inflige à sa maîtresse.

A. LIII. Franciscæ meæ laudes. *Vers composés pour une modiste érudite et dévote*.

« Ne semble-t-il pas au lecteur, comme à moi, que la langue de la dernière décadence latine,— suprême soupir d'une personne robuste déjà transformée et préparée pour la vie spirituelle, — est singulièrement propre à exprimer la passion telle que l'a comprise et sentie le monde poétique moderne ? La mysticité est l'autre pôle de cet aimant dont Catulle et sa bande, poètes brutaux et purement épidermiques, n'ont connu que le pôle sensualisé. Dans cette merveilleuse langue, le solécisme et le barbarisme me paraissent rendre les négligences forcées d'une passion qui s'oublie et se moque des règles. Les mots pris dans une acception nouvelle révèlent la maladresse charmante du barbare du nord agenouillé devant la beauté romaine. Le calembourg lui-même quand il traverse ces pédantesques bégaiements, ne joue-t-il pas la grâce sauvage et baroque de l'enfance ? » Note de Baudelaire dans la 1re éd. **B**. LX. Sous-titre et notes supprimés. **C**. LXII. Id. **Notes** : Il m'a paru très intéressant de rétablir le texte de la note, supprimée par Baudelaire (ou ses éditeurs) dans la seconde édition. Cette note en dit plus qu'elle n'en a l'air et une bonne part de la poétique de Baudelaire y est exprimée. En cherchant des aïeux pour sa Muse décadente, Baudelaire a marqué les deux pôles de son œuvre : sensualité et mysticisme, son goût des mots pris dans une acception nouvelle, et toutes les recherches qui composent le ragoût d'une Beauté — la plus récente, la plus actuelle, la plus moderne en un mot.

Variantes : 1re éd. In nauffragiis amaris. 2me éd. .... amaris.... 1re éd. — Suspendam 2me éd. Suspendam.. 1re et 2me éd. femina 3me fæmina.

Publié dans l'*Artiste,* 6 mai 1857.

A. LIV. A UNE DAME CRÉOLE. *J'ai connu sous un dais d'arbres verts et dorés ....la brune enchanteresse A dans le cou des airs noblement maniérés ;* **B**. LXI. *J'ai connu sous un dais d'arbres tout empourprés ..... A dans le cou des airs noblement maniérés ;* **C**. LXIII. ... *A dans le col des airs noblement maniérés.* **Notes** : Le marquis Daruty de Grandpré a donné, dans *La Plume* du 1er et 15 août 1893 (No 103) le texte primitif de cet admirable sonnet dédié à Madame Adolphe Autard de Bragard, née Carcenac. Ce texte est daté du 20 octobre 1841 et contient des variantes qui le distinguent du texte de la première édition de 1857. Les voici : Vers 2. *J'ai vu dans un retrait de tamarins ambrés.* Vers 12. *des mousseuses retraites,* Vers 14. *Que vos regards...*

Mais pourquoi le souci du style noble a-t-il induit l'éditeur, à remplacer *cou* par *col* dans l'édition posthume ?

A effacer pour rétablir le texte de Baudelaire dans son intégrité !

Publié dans l'*Artiste,* 25 mai 1845.

A. LV. MOESTA ET ERRABUNDA : *Les violons mourants... Que l'Inde et que la Chine.* **B**. LXII. *Les violons vibrant... ...et que la Chine.* **C**. LXIV. *...ou que la Chine.* **Notes** : *Revue des Deux-Mondes,* 1er Juin 1855.

Variantes de la ponctuation. 1re édition. Vers 7 : — *Quel démon a daté la mer* — Vers 8 ...*vents grondeurs,* — Vers 12. *Loin !* — *loin !* — *ici...* Vers 26 : *Peut-on le rappeler...* Tous ces tirets — supprimés dans la 2me édition.

L'édition posthume contient une variante qui est d'origine inconnue. Pourquoi, quand le poète a maintenu deux fois *et* que la Chine — mettre : *ou* que la Chine ? C'est peut-être mieux, mais c'est autre chose. Or, le texte de Baudelaire est plus intéressant que celui de MM. Lévy frères ?

Ce merveilleux poëme a été traduit en russe par M. Serge Andréefskit, excellent poète moderne.

A. LVI. LES CHATS. **B**. LXVI. **C**. LXVIII. **Notes** : Cité, sans nom d'auteur dans un feuilleton de Champfleury, dans le *Corsaire* du 14 novembre 1847. Réimprimé dans le *Messager de l'Assemblée* 9 avril 1851 ; et dans *Les Aventures de Mademoiselle Mariette,* de Champfleury. (Charles Baudelaire. Souvenirs, etc. Pincebourde, 1872, p. 157.)

1re éd. pas de virgules après *également* (vers 2).

Voyez la note pour « *le Chat.* »

A. LVII. LES HIBOUX. **B**. LXVII. **C**. LXIX. **Notes** : Le *Messager de l'Assemblée,* 9 avril 1851.

L'édition posthume a omis une virgule après le 1er vers, (1re et 2me éd.)

Le premier quatrain de ce sonnet est une peinture vraiment extraordinaire de vérité. L'attitude des hiboux est merveilleusement exprimée par cette petite phrase détachée : Ils méditent.

A. LVIII. LA CLOCHE FÊLÉE. **B**. LXXIV. **C**. LXXVI. **Notes** : Publié sous ce titre : *Le Spleen* dans le *Messager de l'Assemblée,* 9 avril 1851, puis sous celui de *La Cloche* dans la *Revue des Deux-Mondes,* 1er juin 1855.

Avec les 4 pièces suivantes, intitulées *Spleen,* cet admirable poème formait un cycle de 5 pièces.

Variante. 1re éd : Pas de virgule après le vers 2.

A. LIX. SPLEEN : *Pluviôse, irrité contre la ville entière* **B**. LXXV. *Pluviose irrité contre la ville entière,* **C**. LXXVII. *Pluviôse irrité contre* la vie *entière,* **Notes** : *Spleen.* Le *Messager de l'Assemblée,* 9 avril 1851.

Ceci, par exemple, est un peu fort comme variante d'éditeur posthume ! La *vie entière* au lieu de la *ville* entière ! Et on cite toujours le texte de MM. Lévy frères pour le texte de Baudelaire, alors que le texte *vrai* d'un poète, c'est son bien et peut-être même le patrimoine de son pays ?

Allons, lecteur, biffez-moi d'un bon coup de crayon *la vie entière* de MM. Lévy et rétablissez *la ville* de Baudelaire dans ses droits si longtemps méconnus !

A. LX. SPLEEN : *Hument le vieux parfum d'un flacon débouché .A — un vieux Sphinx.* **B**. LXXVI. *Seuls, respirent l'odeur d'un flacon débouché ... un vieux sphinx* **C**. LXXVIII. Majuscules à l'*Ennui* (vers 17.) **Notes** ; Vers 17. Il y avait d'abord *L'ennui, fils de la morne incuriosité.* Corrigé sur épreuve par le poète (v. lettre de Baudelaire dans « Œuvres posthumes » éd. Crépet, p. 157.)

A. LXI. SPLEEN : *Il n'a pas réchauffé ce cadavre hébété* **B**. LXXVII. *Il n'a su réchauffer ce cadavre hébété* **C**. LXXIX.

A. LXII. SPLEEN : *Il nous fait un jour noir... ... ...d'horribles araignées ...* — *Et d'anciens corbil-*

lards... *Défilent lentement dans mon âme ; et l'espoir, Pleurant comme un vaincu, l'Angoisse despotique* **B.** LXXVIII. *Il nous verse un jour noir... ...d'infâmes araignées ... — Et de longs corbillards... Défilent lentement dans mon âme ; l'Espoir, Vaincu, pleure et l'Angoisse atroce, despotique.* **C.** LXXX. **Notes** : Ici les variantes ont beaucoup d'importance pour le travail de retouche du poète : il corrige, et il renforce, ailleurs, il atténue et simplifie.

Traduction russe de M. Serges Andreïefski.

A. LXIII. Brumes et pluies : ... *D'un linceul vaporeux et d'un brumeux tombeau* **B.** CI. ...*et d'un vague tombeau* **C.** CXXV. **Notes** : Dans la 2me éd. Baudelaire a retiré *Brumes et Pluies* de la partie intitulée *Spleen et Idéal* pour transporter ce poème dans les *Tableaux Parisiens*, quoique *Pluviôse irrité contre la ville entière* et tant d'autres pièces sont aussi des tableaux parisiens — le décor, le fond des *Fleurs du Mal*.

Un *vague* tombeau est peut-être moins heureux que l'épithète de premier jet ? Mais *vaporeux* et *brumeux* faisaient double emploi. Pour mieux dégager l'image, le poète a sacrifié *brumeux*, en lui préférant un mot plus abstrait, ce qui a donné au vers une allure plus ailée.

A. LXIV. L'Irrémédiable. **B.** LXXXIV. **C.** CVI. **Notes** : D'abord ce poème était placé entre *Brumes et pluies* et *A une mendiante rousse*. Puis Baudelaire, élargissant son cadre dans la 2me éd. rangeait *L'Irrémédiable* dans la série des poèmes spleenétiques qui formaient un cycle de 12 pièces, de LXXIV à LXXXV : *La Cloche fêlée* (autrefois intitulée *Spleen*, 4 poèmes intitulés *Spleen*, *Obsession*, *Goût du Néant*, *Alchimie de la Douleur*, *Horreur sympathique*, *Héautontimoroumenos*, *l'Irrémédiable* et *l'Horloge*. L'édition posthume a rompu l'harmonie des lignes de l'Architecture secrète en bousculant dans ce groupe *Le Calumet de Paix* et la *Prière d'un païen*.

Publié dans l'*Artiste*, 10 mai 1857.

Dans la 1re édition, ce poème n'était pas divisé en deux parties.

Pièce des plus caractéristiques pour le pessimisme de Baudelaire, plus profond et plus âpre que celui de Byron.

A. LXV. A une mendiante rousse : *Ma blanchette aux cheveux roux ... Qu'une pipeuse ~~de romans~~ Ses brodequins... ... Ton sein plus blanc que du lait Tout nouvelet ! — Perles... ... Et reluquant ton soulier Maint page ami du hazard Plus de baiser que de lis. Te faire don ;* **B.** LXXXVIII. (Tableaux parisiens) *Blanche fille aux cheveux roux ... Qu'une reine de roman Ses cothurnes... ... Tes deux beaux seins, radieux Comme des yeux ; Perles... ... Et contemplant Maint page épris... Plus de baisers que de lis. Te faire don.* **C** CXII. *Plus de baisers que de lys.* **Notes**. Une des plus anciennes poésies de Baudelaire (v. Crépet) et des plus curieusement travaillées, toute sertie de rimes milliardaires.

Quelques-uns des remaniements et corrections du poète paraissent regrettables, et cette jolie pièce (qui n'a rien du Spleen !) marchait peut-être mieux sans *cothurnes*, aussi était-il urgent de conserver, de reproduire les variantes effacées.

A. LXVI. Le Jeu : — *Fronts poudrés, sourcils peints sur des regards d'acier, — Qui s'en vont, brimballant à leurs maigres oreilles Un cruel et blessant tic-tac de balancier ; — Voilà le noir tableau Et mon cœur s'effraya d'envier le pauvre homme Qui court avec ferveur... Et soûlé de son sang.* **B.** XCVI. *Pâles, le sourcil peint, l'œil câlin et fatal, Minaudant et faisant de leurs maigres oreilles Tomber un cliquetis de pierre et de métal ; Voilà... Et mon cœur s'effraya d'envier maint pauvre homme Courant avec ferveur Et qui, soûl de son sang* **C.** CXX. **Notes** : Ici encore, les variantes de la 1re édition paraissent préférables aux corrections de la 2me. Allitération au mot *sang*.

A. LXVII. Le Crépuscule du soir : ...*à pas de loup* : — *le ciel La sombre Nuit les prend à la gorge ; ils finissent* **B.** XCV. ...*à pas de loup ; le ciel La sombre Nuit les prend à la gorge ; ils finissent* **C.** CXIX. **Notes** : Publié sous le titre : *Les deux Crépuscules* dans la *Semaine Théâtrale*, 1er février 1852. Réimprimé sous le titre *Le Soir* dans *Fontainebleau*, 1 vol., par divers. 1855.)

Le poète dans la 2me éd. a renoncé à cette ponctuation singulière qui consistait à mettre des tirets après un point-et-virgule.

V. Lettre de Baudelaire à Poulet-Malassis du 20 Mars 1852 (Crépet p. 131.)

V. le petit poème en prose *Le Crépuscule du Soir*. Il est daté de 1855. Baudelaire aurait repris les thèmes traités en vers pour les reproduire, les varier plutôt, en prose poétique et subtile. M. Brunetière croit que le poète mettait sa prose en vers. Pour le virtuose du verbe que fut Baudelaire la prose n'était qu'une forme de style poétique, musical et suggestif. Mais quel chef-d'œuvre que cette pièce !

A. LXVIII. Le Crépuscule du matin : — *vieillard laborieux !* **B.** CIII. *,vieillard laborieux.* **B.** CXXVII. **Notes** : Pour la 1re publication, voyez la note du Crépuscule du soir.

Celui qui a trouvé pour peindre le Crépuscule d'un matin humide ces vers étonnants de vérité poétique : *Comme un visage en pleurs que la brise essuie L'air est plein du frisson des choses qui s'enfuient*, n'était-il pas un *grand* poète, un créateur de formes impérissables parce que *absolument* belles ? Ces pièces sont de vrais diamants de la Couronne de la France.

A. LXIX : La Servante au grand cœur dont vous étiez jalouse : — *Dort-elle son sommeil sous une humble pelouse ? Nous aurions déjà dû lui porter quelques fleurs. .... Et l'éternité fuir Calme, dans le fauteuil je la voyais s'asseoir* **B.** C. *Et qui dort son sommeil sous une humble pelouse, Nous devrions pourtant lui porter quelques fleurs. ... Et le siècle couler Calme dans un fauteuil elle venait s'asseoir* **C** CXXIV. **Notes** : Cette pièce a été placée par Baudelaire à côté de celle qui porte le no LXX *Je n'ai pas oublié voisine de la ville*. Seulement dans la 1re édition c'est la pièce LXIX qui précède alors que dans la 2e éd. cet ordre est interverti et la pièce LXX vient avant celle-ci. En tout cas cette réunion semble indiquer que les deux morceaux qui se ressemblent par le ton se rapportent à une même époque et à une même personne.

Cette servante *au grand cœur*, qui viendrait *couver l'enfant grandi de son œil maternel, cette âme pieuse* — serait-elle peut-être la *Mariette* invoquée par Baudelaire dans ses prières, avec son père et Edgard Poë ?

A. LXX. Je n'ai pas oublié, voisine de la ville ; — *Et le soleil ... Et versait largement* **B**. XCIX. *Et le soleil ... Répandant largement* **C**. CXXIII.

A. LXXI. Le Tonneau de la Haine : ... *Quand même elle saurait allonger ses victimes Et pour les ressaigner galvaniser leurs corps* **B**. LXXIII. *Quand même elle saurait ranimer ses victimes Et pour les pressurer ressusciter leurs corps* **C**. LXXV. *Quand même elle saurait ranimer ses victimes Et pour les ressaigner ressusciter leurs corps* **Notes** : Ici l'architecture secrète des Fleurs du Mal n'a plus cette forte unité que lui attribuait Barbey d'Aurevilly : dans la première édition ce poème était isolé, sans aucun rapport avec les pièces qui l'entouraient. Dans la deuxième, Baudelaire l'a placé en tête du Cycle spleenétique, avec lequel il n'a rien de commun. Le poème me semble relativement faible, *les trous de l'abîme* — une expression peu heureuse, et les images baroques.

Publié en *1851* dans le *Messager de l'Assemblée* du 9 Avril ; en 1855 dans la *Revue des Deux-Mondes*. C'est du Baudelaire première manière, d'une truculence exagérée, d'un génie qui n'a pas encore jeté sa gourme.

L'édition posthume a pris le vers 7 à la 2me édition et le vers 8 à la 1re.

A. LXXII. Le Revenant. **B**. LXIII. **C**. LXV. **Notes** : Cette pièce occupait dans la 1re édition une place entre le *Tonneau de la Haine* et le *Mort joyeux*, suivi de *Sépulture*, ce qui composait un groupe de poésies funèbres pareil à des cyprès plantés sur des tombeaux et qu'on aperçoit de loin. Dans la 2me éd. le poète a replacé ce sonnet libertin (dans le sens d'irrégulier) plus en avant, en le faisant suivre du *Sonnet d'Automne*.

A. LXXIII. Le Mort joyeux : — *Oh vers ! noirs compagnons* **B**. LXXII *O vers ! noirs compagnons* **C**. LXXIV. **Notes** : S'appelait d'abord *le Spleen* et formait comme la 6me pièce du Cycle. (Publié dans le *Messager de l'Assemblée* 9 Avril 1851.) C'est, comme *Le Tonneau de la Haine* un produit de la verve juvénile et outrancière du Poète qui ne sachant trop où placer ce bibelot macabre, l'avait d'abord mis à la fin de *Spleen et Idéal*, apparemment comme une des pièces les plus fortes de ce recueil. Se ravisant ensuite, Baudelaire préféra, dans la seconde édition, le transporter plus avant et groupa pour terminer Spleen et Idéal, d'autres poèmes, plus profonds. (Voyez le tableau des trois tables.)

A. LXXIV. Sépulture. **B**. LXX. Sépulture. **C**. LXXII. Sépulture *d'un poète maudit*. **Notes** : A qui appartient cette variante de l'édition posthume ? Pas à Baudelaire certainement : il a bien maintenu le titre *Sépulture* dans les deux éditions de 1857 et de 1861 publiées de son vivant, avec un soin si jaloux de la correction dans les moindres détails, sans en excepter la ponctuation. Baudelaire d'ailleurs ne pouvait donner à ce sonnet le titre : Sépulture — *d'un poète maudit* par la très simple raison qu'il y est question de « *Votre corps vanté* » et non de la dépouille d'un poète, maudit ou non, dont on ne vante d'ordinaire que l'esprit. Toute la pièce est sans nul doute une de ces froides satires, propres à l'humeur sombre de Baudelaire amoureux, mêlant les idées de mort et de pourriture aux choses de l'amour. C'est à rapprocher de la *Charogne*, de *Remords posthume*, du *Revenant*.

Ainsi il faut bien reconnaître que la responsabilité de cette ineptie, cet injustifiable changement du titre d'un poème par l'adjonction de mots qui en dénaturent le sens — incombe aux éditeurs posthumes de Baudelaire. On ne saurait trop leur conseiller de corriger au plus vite cette étonnante bévue qu'ils perpétuent avec sérénité depuis plus d'un quart de siècle !

A. LXXV. Tristesses de la Lune : *Ce soir, la lune rêve avec plus de paresse ... ...caresse, ...soleil* **B**. LXV. *Ce soir la lune ...caresse ..soleil* **C**. LXVII. *Ce soir la Lune... ...Soleil* **Notes** : Ce poème lunaire, d'une beauté incomparable et d'une merveilleuse transparence de coloris, fut particulièrement admiré de Flaubert et de Sainte-Beuve « délicieux sonnet qui semble de quelque poète anglais contemporain de la jeunesse de Shakespeare » écrivait le critique au poète en 1857. « Il faut que je vous dise pourtant que je raffole de la pièce LXXV *Tristesses de la Lune* » ajoutait l'auteur de *Madame Bovary*. (Ch. Baudelaire, Pincebourde, p. 204.)

N'en déplaise au critique — Shakespeare lui-même n'a pas de sonnet à opposer à ce chef-d'œuvre absolument moderne. Flaubert, dans sa lettre, citait comme l'ayant particulièrement frappé les pièces suivantes : *La Beauté, l'Idéal, la Géante, Avec ses vêtements ondoyants et nacrés, Une Charogne, Le Chat, Le beau Navire, A une dame créole, Spleen*. LX. et *le Voyage à Cythère*. C'est le jugement à retenir, car il émane du plus grand artiste littéraire du siècle. Les arrêts de la Critique ne sont que des jugements de première instance.

A. LXXVI. La Musique : *La musique parfois me prend comme une mer ... Vers un plafond de brume ou dans un pur éther La poitrine en avant et gonflant mes poumons De toile pesante Je monte et je descends sur le dos des grands monts D'eau retentissante. ... Sur le sombre gouffre Me bercent, et parfois le calme, — grand miroir De mon désespoir* **B**. LXIX. *La musique souvent me prend comme une mer ...' ou dans un vaste éther ...et les poumons gonflés Comme de la toile J'escalade le dos des flots amoncelés Que la nuit me voile Sur l'immense gouffre Me bercent. D'autres fois, calme plat, grand miroir De mon désespoir.* **C**. LXXI. **Notes** : Rare spécimen d'une pièce presque complètement changée.

Voir, dans l'*Art Romantique* (œuvres complètes de Baudelaire) les belles pages sur Wagner dont il fut le premier admirateur en France, alors que *Tannhaüser* était conspué par les fanatiques de *La Dame Blanche*.

A. LXXVII. La Pipe : *D'abyssinienne ou de cafrine* **B**. LXVIII. *D'Abyssinienne ou de Cafrine*. **C**. LXX.

FLEURS DU MAL. **A**. LXXVIII. La Destruction : ...*le Démon ;* **B**. CIX. ...*le Démon ;* **C**. CXXXIV. ...*le Démon* **Notes** : Fut publié d'abord sous le titre significatif *La Volupté* (*Revue des Deux-Mondes*, 1er juin 1855.)

Le dernier tercet de ce sonnet terrible et sombre trahit l'obsession des tortures sadiques prodiguées dans « *Justine*, » ce qui frappe ici, c'est la concordance de la Volupté, de l'Ennui et de la Cruauté. Nul poète lyrique n'a osé avouer cet épouvantable délire.

A. LXXIX. Une Martyre : ...*des robes parfumées Qui traînent à plis paresseux, ... La jarretière ainsi qu'un œil vigilant flambe Et darde un regard diamanté ... ...Comme une renoncule Repose, et vide* *de pensers* **B.** CX. ...*à plis somptueux*, ...*ainsi qu'un œil secret qui flambe Darde un regard diamanté* ... *Comme une renoncule Repose* : **C.** CXXXV. **Notes** : Personne n'osa publier cette pièce, échappée, on ne sait trop pourquoi, aux foudres de la Correctionnelle et l'auteur l'inséra dans ses *Fleurs du Mal*.

La comparaison de la jarretière à l'*œil vigilant*, l'*œil secret* semble inspirée par des devises libertines sur des jarretières du XVIIIe siècle : « Je te vois, petit coquin ! »

A. LXXX. Lesbos.

A. LXXXI. Femmes Damnées.

A. LXXXII. Femmes Damnées.

(Pour les variantes des pièces supprimées, voir l'Appendice de ce commentaire).

A. LXXXIII. Les deux bonnes Sœurs : *Prodigues de baisers, robustes de santé* **B.** CXII. *Prodigues de baisers et riches de santé* **C.** CXXXVII.

A. LXXXIV. La fontaine de Sang. **B.** CXIII. **C.** CXXXVIII. **Notes** : Cet admirable sonnet est un document autobiographique de la plus haute importance. Baudelaire écrivait dans le journal intitulé « Mon cœur mis à nu : »

« J'ai cultivé mon hystérie avec jouissance et avec terreur. Aujourd'hui... j'ai senti le vent de l'imbécillité passer sur moi... »

A. LXXXV. Allégorie : *Elle rit à la mort et nargue la débauche* ... *Elle ignore l'enfer, comme le purgatoire* **B.** CXIV. *Elle rit à la Mort et nargue la Débauche* ... *Elle ignore l'Enfer comme le Purgatoire* **C.** CXXXIX.

A. LXXXVI. La Béatrice : *J'aurais pu — mon orgueil aussi haut que les monts Recevrait sans bouger le choc de cent démons ! — Détourner froidement* ... — *Crime qui n'a pas fait chanceler le soleil !* — **B.** CXV. *J'aurais pu (mon orgueil aussi haut que les monts Domine la nuée et le cri des démons) Détourner simplement* ... *Crime qui n'a pas fait chanceler le soleil !* **C.** CXL. **Notes** : Publiée dans la *Revue des Deux-Mondes*, 1er Juin 1855.

Comparez : Laquelle est la vraie ? (Petits Poèmes en prose.)

Une lettre à Poulet-Malassis, datée du 13 mars 1860 renferme une indication très importante sur le rapport qui existe entre les Petits Poèmes en prose et les *Fleurs du Mal*.

« Voici encore des vers. Nous en sommes maintenant à 25 pièces, sans compter trois morceaux commencés : *Dorothée*, idéal de la beauté noire, *La Femme sauvage*, dédiée à une petite maîtresse, et *Plutus, l'Amour et la Gloire* ; »

Or, de ces trois morceaux *commencés* et qui seront des vers, deux n'existent qu'à l'état de poèmes en prose, extrêmement travaillée.

Voici un petit tableau comparatif :

Petits Poèmes en prose : 1. A une heure du matin. 2. Un hémisphère dans une chevelure. 3. L'invitation au voyage. 4. Le crépuscule du soir. 5. La belle Dorothée.

Fleurs du Mal : 1. L'examen de minuit. La fin de la journée 2. La Chevelure. 3. L'invitation au voyage. 4. Le crépuscule du soir. 5. Bien loin d'ici.

A. LXXXVII. Les Métamorphoses du Vampire.

A. LXXXVIII. Un voyage a Cythère : *Mon cœur se balançait comme un ange joyeux* ... *Comme un ange enivré d'un soleil radieux* ...*arôme J'entrevoyais pourtant un objet singulier* : ... *Et ses bourreaux gorgés*... ...*qu'un gibet symbolique où pendait mon image.* **B.** CXVI. *Mon cœur comme un oiseau, voltigeait tout joyeux Comme un ange enivré d'un soleil radieux* ...*arome* ...*un objet singulier !* ... *Et ses bourreaux, gorgés*... ...*où pendait mon image*... **C.** CXLI. *Comme un ange enivré* du *soleil radieux* ...*arome* **Notes :** *Revue des Deux-Mondes*, 1er juin 1855.

Je cite ici le 4me vers selon la 1re et la 2me édition ; le texte en est identique, mais l'édition posthume imprime *du* soleil au lieu *d'un* soleil.

Faute d'impression à corriger.

Et pourquoi refuser — depuis 25 ans de réimpressions — l'accent circonflexe à ce pauvre *arôme* ?

A. LXXXIX. L'Amour et le Crane. **B.** CXVII. **C.** CXLII. **Notes** : *Revue des Deux-Mondes*, 1er Juin 1855.

A. Révolte. Note de la première édition : « Parmi les morceaux suivants, le plus caractérisé a déjà paru dans un des principaux recueils littéraires de Paris, (1) où il n'a été considéré, du moins par les gens d'esprit, que pour ce qu'il est véritablement : le pastiche des raisonnements de l'ignorance et de la fureur. Fidèle à son douloureux programme, l'auteur des *Fleurs du Mal* a dû, en parfait comédien, façonner son esprit à tous les sophismes, comme à toutes les corruptions. Cette déclaration candide n'empêchera pas sans doute les critiques honnêtes de le ranger parmi les théologiens de la Populace et de l'accuser d'avoir regretté pour notre Sauveur Jésus-Christ, pour la Victime éternelle et volontaire, le rôle d'un conquérant, d'un Attila égalitaire et dévastateur. Plus d'un adressera sans doute au Ciel les actions de grâces habituelles du pharisien : Merci, mon Dieu, qui n'avez pas permis que je fusse semblable à ce poète infâme. »

B. et **C.** La note est supprimée. **Notes** : Baudelaire, le 14 mai 1857, écrivait à Poulet-Malassis : ma note sur *Révolte* est détestable ; je suis étonné que vous ne m'ayez pas fait de reproche à ce sujet. (*Baudelaire*, Pincebourde, p. 21.)

(1) Ce recueil est la *Revue de Paris*, octobre 1852 où a paru *le Reniement de Saint Pierre*.

A. XC. Le Reniement de Saint Pierre : *Comme un tyran gorgé de viandes et de vin* ... *Les cieux ne s'en sont point encore rassasiés.* ... *du corps-de-garde* **B** CXLIII. *Comme un tyran gorgé de viande et de vin* ...*encore rassasiés.* ...*du corps de garde* **C.** CXLIII. **Notes** : *Revue de Paris*, octobre 1852.

Madame Aupick, la mère de Baudelaire, demandait à Asselineau de supprimer ce morceau de l'édition posthume. (Crépet l. c. p. 323).

Serait-ce à Charles Asselineau que nous devons les nombreuses tares de cette édition ? Nous ne saurions le croire. De la part d'un lettré aussi avisé, d'un bibliographe aussi expert, ces fautes seraient impardonnables.

A. XCI. Abel & Caïn : ... *Race d'Abel, sans peur pullule : L'argent fait aussi ses petits ; Race de Caïn, ton cœur brûle Eteins ces cruels appétits. — Ah ! race d'Abel,* **B**. CXIX. *I. ...aime et pullule : Ton or fait aussi des petits ; ...cœur qui brûle, Prends garde à ces cruels appétits. II. Ah ! race d'Abel,* **C**. CXLIV. **Notes** : La division du poème en deux parties date de la 2me édition.

A. XCII. Les Litanies de Satan : *Aimable médecin des angoisses humaines, Qui même aux parias, ces animaux maudits Toi qui peux octroyer ce regard calme et haut Foi, dont l'œil clair connaît les secrets arsenaux Toi qui frottes de baume et d'huile les vieux os Toi qui mets ton paraphe, ô complice subtil, Sur le front du banquier Gloire et louange à toi Où fécond, tu couves le silence !* **B**. CXX. *Guérisseur familier des angoisses humaines, Toi qui même aux lépreux, aux parias maudits Toi qui fais au proscrit ce regard calme et haut ...les profonds arsenaux Toi qui magiquement assouplis les vieux os Toi qui poses la marque, ô complice subtil Sur le front du Crésus Prière. Gloire et louange à toi ...où vaincu, tu rêves en silence !* **C**. CXLV.

A. XCIII. L'Ame du vin : — « *Homme, et tu seras content :* **B**. CIV. « *Homme et tu seras content !* **C**. CXXVIII. **Notes** : *Le Vin des honnêtes gens*, Magasin des Familles, Juin 1850. Sous le titre de : l'*Ame du Vin* dans *la République du Peuple, Almanach démocratique*, année 1852.

A. XCIV. Le vin des Chiffonniers : *...comme un poète Le dos martyrisé sous de hideux débris Trouble vomissement du fastueux Paris Dieu, saisi de remords...* **B**. CV. *...comme un poète Ereintés et pliants sous un tas de débris Vomissement confus de l'énorme Paris Dieu, touché de remords...* **C**. CXXIX. — *Les bannières, les fleurs*. **Notes** : Faute d'impression de la 1re édition : *LCIV*.

A. XCV. Le vin de l'Assassin : *...tout mon saoul. Ses pleurs me déchiraient la fibre ...le ciel admirable. — Nous avions un été semblable Lorsque j'en devins amoureux — L'horrible soif Elle y vint ! folle créature ! Je l'aimais trop ; — Songea-t-il dans ses nuits turpides Le vagon enragé peut bien* **B**. CVI. *...tout mon soûl. Ses cris me déchiraient la fibre ...le ciel admirable... Nous avions un été semblable Lorsque j'en devins amoureux L'horrible soif Elle y vint ! folle créature Je l'aimais trop ! ..dans ses nuits morbides Le wagon enragé peut bien* **C**. CXXX. *... Lorsque je devins amoureux Le wagon enrayé peut bien.* **Notes** : Publié dans l'*Echo des Marchands de Vin* (!) 1848.

La bévue, déjà célèbre, du wagon *enrayé* pour wagon *enragé* est d'autant plus extraordinaire que ça se réimprime chaque année depuis tantôt trente ans !

Nous adjurons la maison Lévy frères d'effacer enfin cette bourde véritablement excessive et outrageuse pour le bon sens... du poète.

Cette pièce devait être transformée en un drame : l'Ivrogne (v. Crépet).

A. XCVI. Le Vin du Solitaire. **B**. CVII. **C**. CXXXI. Pas de variantes.

A. XCVII. Le Vin des Amants : *Le Paradis de mes rêves* **B**. CVIII. *...le paradis.* **C**. CXXXII.

LA MORT. **A**. XCVIII. La Mort des Amants : *Et bientôt un Ange,* **B**. CXXI. *Et plus tard un Ange* **C**. CXLVI. **Notes** : Le *Messager de l'Assemblée*, 9 avril 1851.

A. XCIX. La Mort des pauvres : *C'est la Mort qui console et la Mort qui fait vivre ; Qui, divin elixir* **B**. CXXII. *C'est la Mort qui console, hélas et qui fait vivre Qui, comme un élixir,* **C**. CXLVII.

A. C. La Mort des Artistes : *Pour piquer dans le but, mystique quadrature Ces sculpteurs... Qui vont se martelant la poitrine et le front* **B**. CXXIII. *Pour piquer dans le but de mystique nature* **C**. CXLVIII. *Ces sculpteurs... Qui vont te martelant la poitrine et le front* **Notes** : Cette absurde bévue de l'édition posthume : *te* martelant — pour *se* martelant — est invariablement reproduite dans les réimpressions. Je la trouve dans des exemplaires de 1869 et de 1886, toujours à la page 341.

Les cinquante-et-un Poèmes ajoutés à la seconde et à la troisième édition.

Le 29 avril 1859 Baudelaire écrivait à Poulet-Malassis : « Nouvelles *Fleurs du Mal* faites. A tout casser, comme une explosion de gaz chez un vitrier. » (*)

Pour les variantes, il faudrait comparer le texte de la publication première, dans le journal ou la Revue indiquée. Ce travail ne rentre pas dans notre cadre.

Les poèmes sont disposés dans l'ordre de l'édition définitive.

(*) *Ch. Baudelaire,* Souvenirs, etc. Pincebourde, p. 30.

B. II. L'ALBATROS. **C.** II. **Notes** : Publié le 10 avril 1859 dans *La Revue Française* et ensuite dans la 2me édition.

Pièce suggérée par un incident de la traversée de l'Océan en 1841-1842 ; le texte donné par Asselineau, dit M. Crepet, diffère de celui-ci. (page XXVI.)

B. XI. HYMNE A LA BEAUTÉ. **C.** XXII. **Notes** : *L'Artiste*, 15 octobre 1860.

D'après la place que le poète a assignée à ce morceau et quelques détails — « yeux de velours, parfums » cet hymne serait peut-être une apothéose de Jeanne Duval.

C. XVI. A THÉODORE DE BANVILLE (1842). **Notes** : Ne se trouve ni dans la 1re ni dans la 2me éd. *Les Cariatides* de de Banville datent de 1841.

Voyez : Baudelaire, l'Art Romantique, éd. Michel Lévy, p. 365.

C'est de Banville qui dans son beau discours aux obsèques de Baudelaire a dit de lui très justement : « il apportait un vers, une poésie à lui, où ni Hugo, ni Musset, ni Lamartine, n'avaient rien à réclamer... » « Son œuvre est essentiellement française, essentiellement originale, essentiellement nouvelle. Française, elle l'est par la clarté, par la concision, par la netteté si franche des termes qu'elle emploie, par une science de composition, par un amour de l'ordre et de la règle qui très rigoureusement procèdent du XVIIe siècle. » (Ch. Baudelaire, Souvenirs etc. Pincebourde, p. 132.)

B. XX. LE MASQUE : *Où la Fatuité promène son extase ...et l'amour me couronne — Mais non ! Pauvre grande beauté !* **C.** XXI. *Où la fatuité promène son extase ...et l'Amour me couronne Mais non !... — Pauvre grande beauté !* **Notes** : Publié le 30 novembre 1859 dans la *Revue Contemporaine*. Ce morceau a remplacé dans la 2me édition, de la pièce XX la 1re intitulée *Les Bijoux* et supprimée par le pudique arrêt.

L'édition posthume s'obstine à changer la ponctuation, si soigneusement établie par le poète.

Ce morceau, ajouté, affaiblit un peu l'unité du Cycle de la Beauté, en y mêlant déjà le spleenétique dégoût de la vie.

B. XXIII. LA CHEVELURE. **C.** XXIV. **Notes** : Comparez le petit poème en prose : Un hémysphère dans une chevelure.

La pièce de vers a paru en 1859, le 20 mai, dans la *Revue Fantaisiste*.

Le poème en prose, en 1861, dans la *Revue Française*.

On y retrouve *toute la pièce* lyrique : Mon âme voyage sur le parfum comme l'âme des autres hommes sur la musique — et tout le reste.

B. XXXV. DUELLUM : *Ces jeux, ces cliquetis...* **C.** XXXVI. — *Ces jeux, ces cliquetis...* **Notes** : XXXV. Publié dans l'*Artiste*, 19 septembre 1858.

Baudelaire, en rangeant lui-même cette pièce à sa place, dans la 2me édition, a bien entendu marquer qu'elle aussi appartient au Cycle de Jeanne Duval.

L'édition posthume a *ajouté* un tiret au troisième vers.

Texte autographe de Baudelaire donné par M. Le Petit (voyez *Notes*) 1859. LE POSSÉDÉ : *Le soleil s'est couvert d'un crêpe, comme lui O soleil de mon âme, ...Pourtant si tu veux... Comme un astre éclipsé qui sort d'une pénombre (Effacé* : sortant de la) *Tout de toi m'est plaisir morbide ou pétulant ;* **B.** XXXVII. LE POSSÉDÉ. Texte de la 2me édition. (1861) *Le soleil s'est couvert d'un crêpe. Comme lui O Lune de ma vie ! ...Pourtant, si tu veux... Comme un astre éclipsé qui sort de la pénombre Tout de toi m'est plaisir, morbide ou pétulant ;* **C.** XXXVIII. **Notes** : *Le Possédé* a été publié dans la *Revue Française* du 20 Janvier 1859 et n'a été réimprimé que dans la seconde édition des *Fleurs du Mal*. Par la place que cette pièce occupe, on voit que le poète a entendu l'enchâsser dans le cycle de Jeanne Duval.

M. Jules Le Petit a publié dans *La Plume*, 1er Juillet 1893, un autographe de Baudelaire : *Le Possédé* qui contient les curieuses variantes que l'on trouve ici :

En travers de son manuscrit, le poète avait écrit : « Imprimez-moi cela (sans faute) dans votre journal. Je commence à croire qu'au lieu de *Six Fleurs*, j'en ferai vingt. » (Voir ce sonnet publié ici, autographe.)

B. XXXVIII. UN FANTÔME : *C'est Elle ! noire et pourtant lumineuse. Elle noyait Sa nudité voluptueusement. Dans les baisers du satin et du linge. ...à chaque mouvement,* **C.** XXXIX. *C'est Elle !* sombre *et pourtant lumineuse. elle noyait Dans les baisers du satin ou du linge Son beau corps nu, plein de frissonnements. ...en tous ses mouvements,* **Notes** : Publié dans l'*Artiste* du 15 octobre 1860. N'a paru que dans la 2me édition.

Apothéose de celle qui *fut* Jeanne Duval et n'était plus que le fantôme en 1860 — 17 ans *après !* Baudelaire, d'après les règles de son Architecture secrète, a-t-il voulu indiquer qu'ici se terminait le cycle de Jeanne Duval ? Car *Semper eadem* qui vient immédiatement après, semble indiquer le début *d'un autre amour ?*

Mais que dire de l'éditeur posthume qui *corrige* le poète ? Et c'est lui, l'éditeur, qu'on cite quand on croit citer Baudelaire. *Sombre* plaît mieux à MM. Lévy que *noire !*

Rétablir le texte du poète dans son intégrité c'est lui restituer son dû. Vaut mieux tard que jamais.

B. XL. SEMPER EADEM. **C.** XLI. **Notes** : *Revue contemporaine*, 15 mai 1860.

Sonnet énigmatique. Placé après le morceau XXXIX, qui se rapporte certainement à Jeanne Duval, ce sonnet semble indiquer une crise « la vendange du cœur » et en même temps l'aube d'un amour nouveau. Mais alors pourquoi le titre : Semper eadem ?

En rapprochant ce sonnet de « Sonnet d'Automne » nous trouvons la même phrase : *Sois charmante et tais-toi !* et dans « Semper eadem » : *Et bien que votre voix soit douce, taisez-vous ! Taisez-vous ignorante !* Ce qui ferait supposer que « Semper eadem » se rapporte au cycle de « la blanche Marguerite. »

B. LVI. CHANT D'AUTOMNE : *Qu'on cloue en grande hâte un cercueil quelque part.* **C.** LVII. *un cercueil quelque part...* **Notes** : Publié dans la *Revue Contemporaine*, 30 novembre 1859.

Cette admirable poésie, vrai chef-d'œuvre de Baudelaire, se rapporte au cycle de la Femme aux yeux verts, et pas à celui de Jeanne Duval. Le poète avait 37 ans. Il avait « touché l'automne des idées. » Dans

8 ans, une maladie mystérieuse dont il sentait les approches devait l'emporter. Les images de l'automne revenaient souvent dans ses vers. Comparez ce morceau au Sonnet d'Automne qui est également de 1859. La femme aux yeux verts serait Marguerite, aussi blanche que la grande taciturne était noire, voici donc deux cycles bien délimités. Il est très vraisemblable que *Ciel brouillé*, avec ses images hivernales, appartient également au cycle de Marguerite « ô femme dangereuse !... »

B. LVII. A une Madone. **C.** LVIII. **Notes** : Selon l'Architecture secrète des *Fleurs du Mal*, *A une Madone* devrait appartenir au cycle de Marguerite, la femme aux yeux verts.

Publié dans *La Causerie*, 22 Janvier 1860, et dans *l'Artiste*, 1er février 1861. Lettre de Baudelaire à Poulet-Malassis : « Calonne a repoussé le galant ex-voto comme pouvant scandaliser ses lecteurs. » (!) (Pincebourde, p. 31) M. Calonne était, je crois, le directeur de la *Revue Contemporaine*.

Ce morceau me paraît un des plus incontestables chefs-d'œuvre de la seconde manière de Baudelaire, de la maturité complète de son génie.

B. LVIII. Chanson d'après-midi. **C.** LIX. **Notes** : Malgré sa place dans le recueil, je pencherai à croire que cette chanson est du cycle de Jeanne Duval : *la nymphe ténébreuse et chaude... ma brune...* etc. Le ton, le coloris du poème semblent être du Baudelaire première manière. Comparez : *Les Bijoux...* pièce supprimée.

Publié dans l'*Artiste*, 15 octobre 1860.

B. LIX. Sisina. **C.** LX. **Notes** : Publié dans la *Revue Française*, le 10 avril 1859.

Qui est Sisina ?... Ce délicieux sonnet, qui l'a inspiré ?

B. LXIV. Sonnet d'Automne. **C.** LXVI. **Notes** : *Revue Contemporaine*, 30 novembre 1859.

Comparez ce sonnet à *Semper eadem* : dans les deux, une femme qui ne connaît pas encore le poète, son amant, l'interroge. Il parle vaguement d'un amour défunt et lui enjoint de garder le silence. Ces deux pièces seraient-elles du cycle de l'énigmatique Marguerite, celle qui aurait succédé à Jeanne Duval, dans le cœur du poète ?

B. LXXI. Une Gravure fantastique. **C.** LXXIII. **Notes** : Publié dans *Le Présent*, 15 novembre 1857, sous le titre : *Une gravure de Mortimer*.

B. LXXIX. Obsession. **C.** LXXXI. **Notes** : *Revue Contemporaine*, 15 mai 1860.

Cette pièce pourrait s'appeler également Spleen, et faire partie du Cycle. Dans l'Homme et la Mer — la mer est l'Idéal. Ici, l'Océan est embrumé par les brouillards du Spleen.

B. LXXX. Le goût du Néant. **C.** LXXXII. **Notes** : *Revue Française*, 20 Janvier 1859.

B. LXXXI. Alchimie de la douleur. **C.** LXXXIII. **Notes** : Le poète a entendu grouper les poèmes nouveaux ajoutés à la 2me édition en les joignant à quelque motif central composant un cycle. Ici, les poèmes nouveaux : Obsession, Le Goût du Néant, Alchimie de la Douleur, Horreur sympathique, etc. — sont du cycle *Spleen*, non érotique (« l'amour n'a plus de goût. ») L'éditeur posthume a eu tort de placer là « Le Calumet de paix » qui n'a rien à faire à cette place et dérange les lignes de l'Architecture secrète du Recueil.

B. LXXXII. Horreur sympathique : *De ce ciel bizarre et livide*, **C.** LXXXIV. « *De ce ciel bizarre et livide*. **Notes** : Alchimie de la Douleur — publié dans l'*Artiste*, 15 octobre 1860.

Horreur sympathique — ibid.

L'édition posthume a ajouté des guillemets à la pièce LXXXII.

Ces deux pièces me paraissent des plus faibles du Recueil.

B. LXXXV. L'Horloge. **C.** CVII. **Notes** : Publié dans l'*Artiste*, 15 octobre 1860.

Un vrai chef-d'œuvre !

B. LXXXVI. Paysage. **C.** CVIII. **Notes** : *Le Présent*, 15 novembre 1857. Paysage parisien.

Admirable de sérénité et d'expression. Poésie *intimiste* où le ton ne s'abaisse jamais jusqu'à la banalité, où le détail exact et précis n'arrête pas l'envolée magnifique de l'ensemble.

B. LXXXIX. Le Cygne : *où sous les cieux Froids et clairs* **C.** CXIII. *où sous les cieux Clairs et froids*. **Notes** : *La Causerie*, 22 Janvier 1860.

Dans une lettre de 1859 Baudelaire écrivait à Poulet-Malassis que dans cette pièce il a imité la manière de V. Hugo, à qui *Le Cygne* est dédié. Victor Hugo lui écrivait en 1860 : « Vous avez en vous, cher penseur, toutes les cordes de l'art. » Ce qui, à l'égard de Baudelaire, n'était peut-être pas tout à fait exact.

L'édition posthume a ajouté des tirets aux vers 1 et 7 : — *ce petit fleuve*.

Les cocotiers absents de la superbe Afrique, rappelle le vers de la *Malabaraise* : *Des cocotiers absents les fantômes épars*.

B. XC. Les sept vieillards. **C.** CXIV. **Notes** : *(Fantômes Parisiens.) Les sept vieillards. — Revue Contemporaine*, 15 septembre 1859. L'*Artiste*, 15 Janvier 1861.

B. XCI. Les petites vieilles : *Eponine ou Laïs ! Monstres brisés ... dont le souffleur Enterré sait le nom ; célèbre évaporée*. **C.** CXV. *Eponine ou Laïs ! Monstres brisés ... dont le souffleur* Défunt, seul *sait le nom ; célèbre évaporée*. **Notes** : *(Fantômes parisiens.) Les Petites Vieilles. — Revue Contemporaine*, 15 septembre 1859.

La variante de l'édition posthume semble indiquer l'application de l'éditeur s'efforçant à *corriger* le style, l'auteur, lequel, mort à cette époque, ne pouvait plus le faire lui-même.

B. XCII. Les Aveugles. **C.** CXVI. **Notes** : L'*Artiste*, 15 octobre 1860.

Le poète, dont le cœur était ouvert aux misères humaines, a réuni ici, comme dans un cadre, trois poèmes de la Pitié.

B. XCIII. A une Passante. **C.** CXVII. **Notes** : L' *Artiste*, 15 octobre 1860.

B. XCIV. Le Squelette laboureur. **C**. CXVIII. **Notes** : *La Causerie*, 22 janvier 1860. *L'Almanach parisien*, année 1861.

B. XCVII. Danse Macabre : *En tout climat, sous tout soleil la Mort t'admire En tes contorsions, risible Humanité*. **C**. CXXI. *En tout climat, sous* ton *soleil* **Notes** : *Revue Contemporaine*, 15 mars 1859.
L'édition posthume ajoute un tiret au vers 16. — O charme...
Voilà encore un des plus forts *non-sens* de l'édition Lévy ! *ton* soleil (le soleil de l'humanité !) — au lieu de *tout* soleil !
C'est à ruiner le lecteur en crayons rouges.
« Nouvelles *Fleurs* faites et passablement singulières. Ici, dans le repos la faconde m'est revenue. Il y en a une (Danse Macabre) qui a dû paraître le 15 à la *Revue Contemporaine*. » (Baudelaire. Lettre à Sainte-Beuve, 21 février 1859. Crépet, p 246.)

B. XCVIII. L'Amour du Mensonge. **C**. CXXII. **Notes** : *Revue Contemporaine*, 15 mai 1860.
Ce célèbre et merveilleux morceau, si fréquemment cité, rappelle le *Serpent qui danse* (épithète identique : *chère indolente*.) Je n'ose risquer ici des hypothèses que le poète s'est plû, paraitrait-il, à déjouer d'avance.

B. CII. Rêve parisien : *De ce terrible paysage Tel que jamais mortel n'en vit ... Sur le triste monde engourdi*. **C**. CXXVI. *De ce terrible paysage Que jamais œil mortel ne vit ... Sur* ce *triste monde engourdi*. **Notes** : *Revue Contemporaine*, 5 Mai 1860.
Comparez le poème en prose : *Anywhere out of the World*.
L'édition posthume s'évertue à remplacer le texte de Baudelaire par celui d'un anonyme qui fait passer sa marchandise équivoque sous le pavillon du poète. Lecteur ! Votre crayon rouge ! Ornez votre volume d' *Errata* qui restitueront au pauvre poète mort ses vocables escamotés.

B. CXXIV. La Fin de la Journée. **C**. CXLIX. **Notes** : Publié pour la première fois dans la 2me éd.

B. CXXXV. Le rêve d'un curieux. **C**. CL. **Notes** : *Revue Contemporaine*, 15 mai 1860. Dédié à F. N. (qui est-ce ?)
Cette subtile poésie appartient à ce cycle de *la Mort* que Baudelaire a chantée avec le plus de ferveur. Aussi a-t-il savamment disposé cette pièce à la fin de son livre. *La Mort* clôt l'ouvrage, ouvert par le poème de la *Naissance* du poète (Bénédiction) et rempli de ses passions, de son Idéal et de ses rêves. *Les Fleurs du Mal* — c'est bien le poème symbolique, parfois obscur, souvent sublime de la vie de Charles Baudelaire.

B. CXXVI. Le Voyage. **C**. CLI. **Notes** : *Revue Française*, 10 Avril 1859.
Dans la partie VI de ce beau poème, la 2me édition marque par un blanc le second quatrain : *La femme, esclave vile orgueilleuse et stupide*.
L'édition posthume a négligé ce détail, la négligence typographique de cette réimpression, pourtant lucrative est telle que dans les exemplaires de 1869 et de 1886 la même faute d'impression se répète à la page 349 : VI au lieu de VII.
De Honfleur, le 20 Février 1859, Baudelaire écrivait à Charles Asselineau : « J'ai fait un long poème à M D. C. (Maxime Du Camp) qui est à faire frémir la nature et surtout les amateurs du progrès. » (Baudelaire, Souvenirs, etc. p. 28.)

Pièces ajoutées à l'édition posthume

Notes : En 1866, un an avant la mort de Baudelaire, paraissait un recueil : *Le Parnasse Contemporain*, in-8°, par divers. Il contenait, entre autres morceaux, les pièces suivantes, intitulées : *Nouvelles Fleurs du Mal*, qui furent ajoutées plus tard à l'édition posthume. Quelques-unes, écartées par l'éditeur (ou Ch. Asselineau) furent recueillies dans *Les Epaves*.

NOUVELLES FLEURS DU MAL

1. *Epigraphe pour un livre condamné. (Revue Européenne*, 15 septembre 1861. *Le Boulevard*, 12 janvier 1862.)
2. *L'Examen de Minuit. (Le Boulevard*, 1er février 1863.)
3. *Madrigal triste. (Revue Fantaisiste*, 15 mai 1861.)
4. *A une Malabaraise. (L'Artiste*, 13 décembre 1846,) Signé : Pierre de Fayis (Nom de famille de Mme Baudelaire.)
5.) *L'Avertisseur. (Revue Européenne*, 15 septembre 1861. *Le Boulevard*, 12 janvier 1862.) (Faute d'impression de l'édition Lévy : page 222 : CXI pour XCI.)
6. *Hymne* (Comparez au sonnet : *Que diras-tu ce soir) Le Présent*, 15 novembre 1857. *La Petite Revue*, 16 décembre 1865.
7. *La Voix*. (Autobiographie poétique. Devrait-être placé en tête du livre, avant la *Muse malade* ou après *L'Ennemi.) Revue Contemporaine*, 28 février 1861. *L'Artiste*, 1er mars 1862.
8. *Le Rebelle (Revue Européenne*, 15 septembre 1861. *Le Boulevard*, 12 janvier 1862.)
9. *Le Jet d'eau. (La Petite Revue*, 8 juillet 1865, avec une variante.)
10. *Les Yeux de Berthe. (Revue Nouvelle*, 1er mars 1864.)
11. *La Rançon.*
12. *Bien loin d'ici. (Revue Nouvelle*, 1er mars 1864.) « Dorothée, souvenir de l'île Bourbon, idéal de la beauté noire. » (Baudelaire, lettres à P. Malassis du 15 décembre 1859 et du 13 mars 1860. éd. Pincebourde l. c.) Comparer le poème en prose : *Dorothée* : la toilette, la chambre, etc.
13. *Recueillement. (Revue Européenne*, 1er novembre 1861. *Le Boulevard*, 12 janvier 1862.) Un des plus admirables, des plus purs chefs-d'œuvre de Baudelaire.

14. *Le Gouffre. (L'Artiste,* 1er mars 1862. *Revue Nouvelle,* 1er mars 1864. Pièce d'une rare profondeur et d'une véhémence extraordinaire.
15. *Les Plaintes d'un Icare. (Le Boulevard,* 28 décembre 1862).
16. *Le Calumet de paix. (Revue Contemporaine,* 28 février 1861.)
17. *La Prière d'un Païen. (Revue Européenne,* 15 septembre 1861. *Le Boulevard,* 12 janvier 1862.)
18. *Le Couvercle. (Le Boulevard,* 12 janvier 1862. *Le Parnasse Contemporain,* p. 278, 1 vol. 1866.)
19. *La Lune offensée. (L'Artiste,* 1er mars 1862.)
20. *Le coucher du soleil romantique. (Le Boulevard,* 12 janvier 1862.)
21. *Vers pour le portrait d'Honoré Daumier. (Histoire de la Caricature Moderne,* par Champfleury, 1865, in-18, page 64).
22. *Lola de Valence.* Vers imprimés au bas d'un portrait gravé de cette artiste, par Manet, 1863.
23. *Sur le Tasse en prison,* d'Eugène Delacroix. *(Revue Nouvelle,* 1er mars 1864.)
24. *L'Imprévu. (Le Boulevard,* 25 janvier 1863.)

Appendice au Commentaire

La Dédicace à Théophile Gautier contient dans la 1re édition une variante signalée par M. Alcide Bonneau :

Au parfait magicien ès langue française.

Dans la deuxième édition, le poète corrige cette faute :

Au parfait magicien ès lettres françaises.

Variantes des six pièces condamnées

Deux textes ont été comparés : celui de la première édition de 1857 et le texte des « Epaves » Bruxelles 1874.

Lesbos : Les vers 5, 9, 15, 40, 50 dans l'édition de 1874 sont précédés de *tirets* qui ne se trouvent pas dans la première édition.
« *Et l'amour se rira de l'Enfer et du Ciel* »
Ces mots, dans la première édition, n'ont pas de majuscules.
Ed. 1857 : *De Sapho qui mourut le jour de son blasphème.*
Var. 1874 : *De celle qui...* etc.

Delphine & Hyppolite : éd. 1874 : *Je frissonne de peur quand tu me dis : « mon ange ! »*
éd. 1857 : pas de guillemets.
Ed. 1874 : — *Descendez, descendez...* Ed. 1857 : pas de tiret devant ce vers.
Ed. 1874 : *...l'enfer éternel !* Ed. 1857 : *...l'enfer éternel ;*
Pas de virgule après « *au plus profond du gouffre* »

Le Léthé contient une variante notable :
1857 : *...un sommeil douteux comme la mort* 1874 : *...un sommeil aussi doux que la mort.*

A celle qui est trop gaie : 1857 : *l'insolence de la nature.* 1874 : *...Nature.*

Les Bijoux : 1857, *...les esclaves des Maures.* 1874, *...des Mores.*
1857 : *...plus câlins que les anges du mal,* 1874 : *...les Anges...*

Les Métamorphoses du Vampire. 1857 : *Lorsque j'étouffe un homme en mes bras veloutés,*
1874 : *...en mes bras redoutés,*
1857 : *Anges* avec majuscule.
L'épithète du texte primitif « veloutés » est plus *rare* que « redoutés » et partant, préférable.

Les Epaves, de Charles Baudelaire, furent publiées en 1865 à Bruxelles, par Poulet-Malassis, qui crut pouvoir déposer au bas des pages des notes d'un goût souvent déplorable.

ERRATA

des éditions posthumes, dites « définitives des FLEURS DU MAL corrigés sur les textes des deux éditions (1857 & 1861) revues par le Poëte. (*)

TEXTE ERRONÉ	TEXTE RÉTABLI
PRÉFACE	AU LECTEUR
...S'étaler *sur ton teint*	...réfléchis *sur ton teint*
(LA MUSE MALADE)	
Sur les *grandes murailles*	*Sur* leurs *grandes murailles*
(LE MAUVAIS MOINE)	
(SÉPULTURE D'UN POÈTE MAUDIT)	(Sépulture)
...*Pluviose irrité contre la* vie *entière*	*Pluviôse irrité contre* la ville *entière*
(SPLEEN)	
Le wagon enrayé...	*Le wagon* enragé
(LE VIN DE L'ASSASSIN)	
Qui vont te *martelant la poitrine et le front*	*Qui vont* se *martelant*
(LA MORT DES ARTISTES)	
A dans le col *des airs noblement maniérés*	*A dans le* cou
(A UNE DAME CRÉOLE)	
Comme un ange enivré du *soleil radieux*	*Comme un ange enivré* d'un *soleil radieux*
(UN VOYAGE A CYTHÈRE)	
C'est Elle ! Sombre *et pourtant lumineuse*	*C'est Elle !* Noire...
(UN FANTOME)	
...*dont le souffleur* défunt seul *sait le nom*	*dont le souffleur* enterré *sait le nom*
(LES PETITES VIEILLES)	
En tout climat, sous ton *soleil*	*En tout climat, sous* tout *soleil*
(DANSE MACABRE)	
Que jamais œil mortel ne vit *Sur* ce *triste monde engourdi*	Tel que jamais mortel n'en vit *Sur* le *triste monde engourdi*
(RÊVE PARISIEN)	

(*) Pour les détails, voir commentaires et variantes des *Fleurs du Mal.*

Epilogue

Baudelaire fut de la race illustre des poëtes faméliques qui, en France, remonte ostensiblement à Rutebœuf. Regardez bien ce portrait en phototypie des « Œuvres posthumes » éditées par Crépet. Cette figure glabre, comme celle d'un prêtre ou d'un acteur, ces cheveux au vent qui semblent soulevés par les dernières rafales du romantisme — c'est Charles Baudelaire. Oh ! que ce paletot semble usé, ce linge élimé ! Oh ! le triste dandy que ce noble et grand artiste ! Car dans l'arrangement de ces plis il y a un souci d'élégance, dans ce sourire crispé, dans cet œil un peu hagard, il y a le reflet navrant de la dèche ; dans toute l'attitude du poëte — il y a quelque chose qui réflète sa vie entière consacrée au culte de l'Art et toute bouleversée d'atroces soucis d'argent. D'une écriture lapidaire, il a tracé sur ce portrait : *ridentem ferient ruinæ.* Infortuné poète ! Tu raillais le sort, et cette sombre déité créée peut-être par le concours des sentiments hostiles de tes contemporains, s'apprêtait déjà à t'engloutir — vivant, paralysé, muet, ne poussant plus qu'un cri : non, sacré nom, non... Oh ! poète, tu fus de la race de ceux qui ont su dire *non*, ce mot que ne peuvent proférer les races esclaves.

Combien ton sort fut-il différent de celui de tes illustres contemporains. La guitare d'Alfred de Musset, le luth sonore de Lamartine, la harpe à pédales de Hugo — tout cet orchestre n'empêche pas d'entendre la note écarlate de ton clairon d'airain. De Musset se fit pardonner ses péchés de jeunesse, Lamartine fut chef du gouvernement de la République, Hugo, pair de France, devint le Proscrit sublime mais amplement renté. De Vigny siégea à l'Académie — toi seul, de cette grande Pléïade Romantique, fus irrévocablement pauvre, famélique pourchassé par les créanciers pour une misérable dette de 10.000 francs que tu ne pus jamais payer. Alcoolique comme le poète de Namouna, tu t'enivras de gloire, d'eau-de-vie et d'opium, de haschich et de rêves. Surtout de rêves, car les rêves ne coûtent rien. Enivrez-vous ! t'écrias-tu dans un de tes poèmes incompris. Comme tes illustres devanciers, tes vrais frères en poésie, de Quincey et Poë — tu vécus dans les rêves de la Narcose. Enfin, tu assumas les malédictions de ton siècle et cette grande colère n'est pas près de se calmer. Oh non ! elle gronde encore au pied de ton humble monument, elle te conspue, elle t'invective. Tu n'es donc pas mort. Moins que nous, peut-être, qui disparaîtrons demain et pour toujours.

Ma tâche terminée, je vois qu'elle est à peine un commencement. En effet, le commentaire des *Fleurs du Mal* est encore à faire : il faut pour cela une étude de la vie de Baudelaire plus complète, plus documentée que les essais publiés jusqu'à présent. Il est surtout urgent d'étudier ses manuscrits avec plus d'attention que ne l'ont fait ses biographes et même le dernier en date, M. Crépet — un peu trop préoccupé de sa respectabilité personnelle qui n'était pas du tout en jeu. L'importance psychologique des fragments inédits qui ont vu le jour grâce à M. Crépet prouve l'intérêt qui s'attache à ceux qui sont demeurés inédits et même inexplorés. Il faudra bien un jour se décider à soumettre la légende de Baudelaire aux analyses modernes, soucieuses de vérité — et de vérité seulement, ce qui est autre chose que la vérité mitigée des barbacoles.

Mes notes, mes hypothèses sur les Cycles — je n'y attache aucune importance : ce ne sont que des questions à débattre, des prétextes à une étude plus approfondie de l'Œuvre, des toquades de glossateur, si on veut.

Un autre travail, à peine ébauché par moi, dans mes neigeuses et paisibles retraites villageoises, si éloignées de Paris ! — c'est la révision des textes et la notation des variantes. Pour cela, il faudrait revoir les textes sur les manuscrits, et sur les publications premières. Je n'ai comparé que les textes imprimés de 3 éditions et déjà j'ai découvert dans l'édition courante, que MM. Lévy réimpriment chaque année depuis plus d'un quart de siècle, un nombre très considérable d'erreurs manifestes, de contre-sens et de négligences typographiques. Le même travail serait à faire en comparant le texte des 32 poèmes nouveaux de la 2me édition au texte des mêmes pièces publiées dans les Revues (indiquées dans le livre : Baudelaire, souvenirs, etc., chez Pincebourde, 1872), et celui des 25 poèmes ajoutés à l'édition posthume — avec les Revues où ces poèmes ont d'abord paru.

C'est un travail attrayant que je signale à la piété des Baudelairiens.

A. OUROUSOF.

Moscou, 1895.

POÈMES

Hommage

E temple enseveli divulgue par la bouche
Sépulcrale d'égout bavant boue et rubis
Abominablement quelque idole Anubis
Tout le museau flambé comme un aboi farouche

Ou que le gaz récent torde la mèche louche
Essuyeuse on le sait des opprobres subis
Il allume hagard un immortel pubis
Dont le vol selon le réverbère découche

Quel feuillage séché dans les cités sans soir
Votif pourra bénir comme elle se rasseoir
Contre le marbre vainement de Baudelaire

Au voile qui la ceint absente avec frissons
Celle son Ombre même un poison tutélaire
Toujours à respirer si nous en périssons

Stéphane Mallarmé

Guirlande d'Or

Pour le « TOMBEAU DE BAUDELAIRE »

I

aitre aimé ton orgueil nous a montré la Voie
Où ceints d'aube resplendissante nous passons.
Nos mains, riches déjà de futures moissons,
Epandent sur tes Fleurs des caresses de joie.

Tu donnas à nos voix l'éclat des olifants,
Et la grâce des lys à nos cythares folles,
Orphée aux pennons clairs de gloire et d'auréoles,
Qui charmas de ton Verbe un empire d'enfants.

Et depuis ta Venue heureuse nos escortes
Ont scandé leur Extase au rythme de ta Voix,
O grand Ordonnateur lumineux dont les Lois
Du Jardin merveilleux entr'ouvrirent les portes !

Nous qui passons dans des chars pavoisés d'été,
Nous te devons l'encens de nos apothéoses,
Et fous d'air libre nous venons pleurer des roses
Sur les soleils vainqueurs de ta divinité.

Puis nos Guirlandes d'or où ton amour peut lire
La prophétique ardeur des adorations,
Au seuil éblouissant des prochaines Sions,
T'apportent le miel blond des enchantantes lyres.

II

Au flamboiement vermeil des bannières d'extase,
Sur les mondes vieillis passent, par échappées,
Dans des sentes d'aurore où les caresses jasent,
Les semeurs de lumière et les briseurs d'épées.

Ils ont le front paré des joyeuses pâleurs
Des dieux à qui les fleurs prodiguent trop d'encens,
Et portent l'infini des rêves étoileurs
Dans leurs yeux où sommeille un ciel de miels grisants.

Et nimbés de l'espoir dont leur Matin se drape
Devers l'Ile qu'illune un exil d'orchidées,
Ils étendent leurs mains teintes du sang des grappes
Qu'en une Treille heureuse elles ont maraudées.

Leur chanson triomphale a des appels fleuris
Qui soleillent les cœurs de douces bleuités.
Et devant leur splendeur les vieux peuples surpris
Ouvrent les portes d'or aux Porteurs de clartés.

III

Ainsi, nous bannissons la nuit triste des syrtes
Qui s'éplorent aux mers d'abîme et de douleurs.
Nos théorbes d'azur enguirlandés de myrtes
Charment les fronts meurtris d'un gazouillis de fleurs.

Voici l'essaim naïf des croyances heureuses
Qui soulève pour nous le voile de Demain :
Un avenir doré d'aurores murmureuses
Enneige de douceurs les ronces du Chemin.

Les reposoirs d'oiseaux et les roses de flamme,
Et les dais de splendeurs que nos cœurs ont dressés,
Pour les Pauvres dont sanglotent les blanches âmes,
Chantent l'Hymne futur des fraternels baisers.

Car nos lyres d'enfants, comme un printemps fécondes
Nos lyres d'or, dans la glèbe d'humanité,
Jettent le germe immense et doux d'un jeune Monde
Dont l'amour sera fait d'éternelle beauté.

Tu le vois, notre Orgueil est fleuri d'allégresses,
Et nos Œuvres appelant les matins nouveaux,
Font dans les chemins noirs sourdre un ciel de caresses
Et dans la nuit des cœurs rayonner des flambeaux.

Mais devant l'Orient que nos triomphes moirent,
Comme pour saluer les aubes qui naîtront
Par delà ton Tombeau squamé de vastes gloires
Nous gemmons de soleil les Myrtes de ton Front.

MICHEL ABADIE

Mars 1893

Nigra sed formosa

Contribution au « TOMBEAU DE BAUDELAIRE »

UR l'idéal tombeau que je rêve à ta gloire,
O sombre et grand poëte ami, je dresserais,
Parmi le vert laurier, le myrte et le cyprès,
Une belle Africaine en sa nudité noire.

J'incarnerais pour toi le Deuil et la Victoire
Sous sa forme robuste aux ténébreux attraits ;
Et son front couronné de nuit, j'y verserais
La splendeur d'un orgueil calme et blasphématoire.

Dans le rythme indolent de son superbe corps
Devraient chanter, profonds et mystiques accords,
Toutes les voluptés de la désespérance ;

Et sur sa gorge pure aux seins durs et pointus,
En ses yeux imprégnés d'amour et de souffrance,
On croirait voir flotter des paradis perdus.

Emile Blémont

Paris, décembre 1893.

A Baudelaire

Homo duplex...

'Ange Pur dont l'œil clair exhale un firmament,
Chante : « Suis-moi ! le Beau te rappelle. Illumine
Ton âme, revêts-la de ma vaillante hermine !
Mon azur a banni la volupté qui ment. »

Et l'Ange Impur, aux yeux cernés divinement,
Soupire : « En mon regard de femme l'on devine
Le lustre intérieur d'une fête divine,
Et c'est un paradis qu'évoque mon tourment ! »

Comme un vent noir de mer qui fait gémir la toile,
Quand ces jumelles voix, de la fille à l'étoile,
Avivaient ton amour du frisson constellé, —

Hautain, tu traversas notre fange effroyable,
Pâle amant d'Andromaque au long voile, exilé
Dans l'air pâle où se meurt l'Idéal introuvable...

Comtesse Viviane de Brocélyande

Pour copie terrestre et conforme :
Raymond Bouyer

Maane-Tungsind

 Aften synes Maanen lidt trættere glide
som en blødagtig Skønhed paa et Hav af Puder lagt,
der strejfer Brystets Omrids og glatter sin Side
med let og adspredt Haand, førend Søvnen faar Magt.

Udstrakt paa Snelavinernes bløde Silkerygge
hun nyder længe døende en Afmagt uden Ord,
og hendes Blikke følge de hvide Skyr, som bygge
Luftsyner i det Blaa som et Blomst-og Greneflor.

Naar stundum i sit tærende Savn paa denne Kugle
hun tyst en Jaare fælder, som hun søgte at kjule,
en Digter uden Søvn, som i stille Andagt gik,

tog denne matte Draabe i de hulede Hænder,
en hvid Juvél, hvis Perlemorsglimmer ham blænder,
og gemmer den i Hjærtet for Solens hede Blik.

CH. BAUDELAIRE : *Les Fleurs du Mal,*
LXVI. — Tristesse de la Lune
traduction danoise par

SOPHUS CLAUSSEN

Premières Larmes

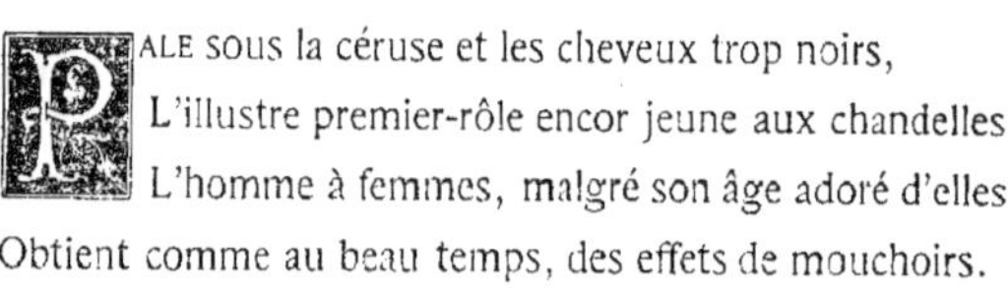

Pale sous la céruse et les cheveux trop noirs,
L'illustre premier-rôle encor jeune aux chandelles,
L'homme à femmes, malgré son âge adoré d'elles,
Obtient comme au beau temps, des effets de mouchoirs.

Et, depuis des milliers et des milliers de soirs,
Froid comme un glaive et sûr de tant de cœurs fidèles,
Il prodigue, Antony de centaines d'Adèles,
Ses sanglots simulés et ses faux désespoirs.

Pourtant la sciatique est à la fin venue.
Horreur ! Elle le cloue aux pieds de l'ingénue
Qui, pour qu'il se relève, aide le vieux barbon,

Alors, l'acteur, gâté par quarante ans d'éloge,
Court se cacher et fondre en larmes dans sa loge.
— C'est la première fois qu'il pleure pour de bon.

François Coppée

Septentrion

Pour Baudelaire,
et en souvenir de Léon Cladel.

ES bras levés en un grand geste qui *bénit,* »
Devant l'autel sans crucifix ni sanctuaire,
Sous la voûte très basse où de l'or s'embrunit,
Avec le rhythme rude et froid du statuaire
L'Officiant énonce un mot qui prémunit...

Le Mal. Rien ne frémit au fond de la nef froide.
Les piliers sont de glace et le temple est glacé,
Et le feu primitif depuis longtemps passé
N'anime plus le cœur éteint ni le col roide
Des assistants chez qui le Mal est effacé.

Les murs et les piliers, les portes sont de glace ;
Des mots, des mots, des mots, où ne clame jamais
Que la voix creuse de la mort dont c'est la place,
Redisent calmement : « Au néant, je soumets
Tout ce qui vit, tout ce qui vibre et qui s'enlace !... »

L'Officiant poursuit son discours pour lui seul :
Au mot qui prémunit, le temple et ses fidèles,

Plus muets qu'en hiver les bois sans un bruit d'ailes,
Se sont couverts d'un morne et lourd et froid linceul,
Et tous et toutes se sont cachés, eux près d'elles.

Devant l'autel cependant,
plus austère et comme intérieure,
la parole achève son acte destructif.
Le temple disparu dans son sol de neige,
et les assistants sombrés avec lui,
tout ce froid mortel argumente la parole
de l'Officiant.
C'est une fièvre au rhythme bas et précis :
Sans phrases de repos,
se fait entendre la criante cadence
d'une ville vue autrefois, sous un ciel livide,

des faubourgs fumeux enfermant
des rues droites, aux maisons trop égales :
l'échiquier monstrueux d'une vision maladive,
où marchent sans mot dire, ou si peu,
des êtres qu'on pourrait croire insexuels,
avec, très rarement, le sourire pervers
d'une femme étrangère égarée ici.

Tout ce marbre tremble de fièvre, et cependant,
De sa voix solennelle et haute,
D'un qui n'eût pas commis de faute,
L'Officiant affirme en un retour ardent
Qu'on lui devra la *floraison du Mal* qui venge :
Du Ciel à son appel fond furieux un ange,

A qui toujours il répondra : « Je ne veux pas
« Reconnaître la règle où tant d'autres se plient ;
« Je veux marcher d'un pas
« Toujours libre, et qu'aucuns de tes pareils ne lient ! »

Peut-être un paysan probe et venu de loin,
Seul visage animé dans le temple de glace,
La main sur son bâton d'ermite, dans son coin,
Attaché par la foi longtemps à cette place,
A répondu : « C'est bien. Se révolter est grand ! »

Or, la règle, c'était l'Officiant.

FERNAND CLERGET

Scripta manent

A la gloire de Baudelaire.

u fond des matins bleus voyant planer les neiges,
Des oiseaux très grands ont lustré leurs ailes d'or ;
Leurs duvets blonds, tombant — au soleil des Norwèges —
Ont fait naître l'Amour parmi royal décor !

Mais pour nos cœurs souffrants ensommeillés encor,
Quel Aigle avec une âme a pu sur des arpèges
Nouveaux, faire passer le Rêve en beaux cortèges,
Et donner le Frisson de l'ivresse et la mort ?

Or, c'est un Roi sans trône et grand de l'univers
Idéal, dont les chants furent autant de vers
Qu'il fit florir partout encadrés par des voiles...

Et son Geste sur sa lyre d'or, et ses cris,
Ont tant ému le Ciel, que, superbe, il a pris,
Le chemin éternel qui conduit aux étoiles !....

HENRY DEGRON

Sous l'arbre

Dans le jardin fermé dès l'innocent outrage
L'arbre ancestral étend ses bras insidieux,
Et le poète au cœur profond, peuplé de Dieux,
En esprit rôde auprès du ténébreux ombrage.

L'archange intérieur qui tout bas l'encourage,
Le démon qui parfois transparait dans ses yeux,
Au secret des rameaux dormant pareils entre eux,
Ont dans son œuvre ensemble admiré leur ouvrage.

Et dans le vaste éden de l'art, autre univers
Accrû de siècle en siècle, aux seuils toujours ouverts,
Un labyrinthe appelle, épouvante et fascine.

Tout, couleur, hymne, encens, cri, frisson, le flambeau
Liturgique ou maudit, l'autel ou l'officine,
Autour d'un nom magique éclate en fleurs du Beau.

Léon Dierx

Eine Erscheinung

DER DUFT

EIN leser hast du einmal eingesogen
Mit wollust nach des feinen schwelgers brauch
Das weihrauch-korn in eines domes bogen —
Und eines kissens matten amberhauch ?

O tiefer reiz wenn das vergangne wieder
Zum leben auferwacht und uns berückt !
Und wenn der freund aus der geliebten glieder
Die zarte blume der erinnrung pflückt.

Aus ihren schmiegsamen und schweren haaren
(Die weihrauch-rost und ambra-kissen waren)
Entschwebte wilder trotziger geruch.

Aus ihrer kleider sammt-und seidentuch
Sanft überhaucht von reinem jugendschmelze
Befreite sich ein duft wie duft der pelze.

CH. BAUDELAIRE : *Les Fleurs du Mal*
XXXIX. — Un Fantôme
II. — Le Parfum
traduction allemande par

STEFAN GEORGE

Das Bild

ICHTUM und tod verwandelten in schlacken
Die feuerglut die einstens in uns gor.
Der zarte heisse blick der schoenen augen
Und dieser mund wo sich mein herz verlor,

Die Küsse stark wie eine zauberpflanze
Und unsr e laute liebesraserei,
O schrecken was verblieb von irhrm glanze!
Nichts als ein blasser schattenriss in blei,

Der so wie ich verstaubt und alt geworden
Und den die zeit ein greis voll scheeler gunst
Tagtaeglich fegt mit rauhem flügelpaar...

Du düstrer feid des lebens und der kunst
Du sollst mir niemals im gedaechtnis morden
Sie die mein ruhm und meine wonne war.

CH. BAUDELAIRE : *Les Fleurs du Mal,*
XXXIX. — UN FANTOME
IV, Le Portrait
traduction allemande par

STEFAN GEORGE

Matin

MORNE et silencieux enfin, il dort aux plis
Du linceul noir et qu'alourdissent les années;
Le vent qui défeuilla les guirlandes fanées
Empêche d'écouter les hymnes affaiblis.

Quel printemps, parfumé des parfums abolis,
Pourrait refleurir les forêts découronnées?
Le pur soleil des victorieuses journées
S'est à jamais éteint dans les couchants pâlis.

Nul sanglot de lyre n'éveillera sa gloire,
Et seul, la nuit, un souffle obscur et sans mémoire
Frôlera le deuil anonyme du tombeau.

Et la vieille voix qui clamait l'oubli s'est tue;
Et le jeune matin, étincelant et beau,
Illumine au fronton du temple la Statue.

A.-FERDINAND HEROLD

Vers

A Charles Baudelaire.

u sus le grand sanglot des jets d'eau
les affres des absences loin des terrains bleus
tout parfumés d'essence et gais de pagnes bleus
Tu sus ce qu'on peut savoir de nostalgique.

Quand tu fus lentement crucifié
par de noires négresses et des bourreaux marrons
Tu n'en donnas pour gage qu'une larme
sertie des musiques, sertie des parfums
parée des splendeurs longues des chevelures
Tu conquis l'unité de la souffrance et l'inutile.

Et lors tu aboyas à la lune, tristement
comme un grand chien noyé dans les ombres d'Hécate
et puis tu fus noyer ta pensée délicate
dans la nuit, de la parole et du geste, complètement.

Maître, qui fus Celui, un instant pour nous
tu dois, de ceux qui se passent le flambeau
l'éternel flambeau, qui nous éclaire, nous
recevoir le tribut des hymnes clairs et beaux
« nous aurons des lits pleins d'odeurs légères
des divans profonds comme des tombeaux. »

Je suis...

E suis la synagogue, on y dit pardonnez-nous
Car nous avons pâti, gravement contre nous
Et avons nui, au pauvre Dieu, qu'avons construit
De nos mains, de nos nerfs, et puis de notre ennui.

Je suis la basilique, on y dit pardonnez-nous
Car nous avons bâti sur le sang et le sable,
Les os d'autres martyrs pavent le sol où nos genoux
Implorent quelque chose, comme un dieu de clémence
Et peut-être de démence.

Et je suis la mosquée, les offrandes des pâtres
Parent mes murs sans images — ce sont les pauvres fruits
Du désert marâtre où leur vie se détruit,
Et je suis la mosquée, du plus haut minaret
J'ai su chanter ma peine et mon bonheur, aussi.

GUSTAVE KAHN

Fleur du Mal

La tombe t'environne et le vol des harpies
Tourne autour de sa main ténébreuse, où fleurit
Comme un bouquet mauvais, le mortel manuscrit
Lié d'affreux fils blancs qu'il applique en charpies.

Sa Joie et sa Douleur le gardent, accroupies,
Et les seins dans les mains, devant lui qui sourit
Se touchent, rose essor et chair de son esprit
Remords voluptueux qui tord ses yeux impies.

Mais lui, dieu de lui-même et maître d'ignorer
Il songe à la beauté qui porte sans pleurer
La lune à son front bleu ceint de joncs verts et d'ulve,

Déesse qui descend dans le lac des péchés
Et, dans l'ombre sur l'eau de ses cheveux penchés,
Parmi tous les iris cueille la rouge vulve.

Pierre Louys

La Race forte...

A race forte aux yeux de Rêve
Marche, les pieds ensanglantés,
Vers les hauts Monts, tandis qu'aux grèves
Ricanent les sphinx ameutés.

Sa Voix grave à l'Amour mêlée
Sonne la Joie ; et ses douleurs
Par les beaux espoirs sont voilées,
Telles des ronces sous des fleurs.

Cependant l'Azur taciturne
Pèse toujours comme un affront,
Comme de pleurs une pleine urne
Qu'une vierge aurait sur son front.

Alors sa Voix devient dolente,
Et les échos, parmi la Nuit,
Tremblent comme plaintes troublantes
Dans le Silence où tout s'enfuit !

« Nous sommes les doux fils de la race Lointaine ;
« Nos Aïeux ont semé l'Espoir par les chemins :
« Nous l'avons recueilli pour qu'une Foi prochaine
« Ouvre sa grande Porte aux souffles de Demain.

« Puis nous sommes allés, le long des routes blanches,
« Faire germer les fleurs aux sons de nos chansons :
« Les fleuves d'or des aurores, en avalanches,
« Aveuglaient l'Orient de nos frêles maisons.

« Les hommes n'ont pas vu que nos roses offertes
« Contenaient la douceur de vivre et de mourir :
« Les roses ne sont plus ; les routes sont couvertes
« De Fleurs qui nous ont dit tout le Mal de souffrir.

« Pour éclairer nos cœurs pleins de bonnes tendresses,
« De rayons frais comme les mousses des sommets,
« Pour que nos fronts fiévreux s'inclinent aux caresses,
« Étoile du Salut fleuriras-tu jamais ? »

II

La Race forte aux yeux de Rêve
Marche, les pieds ensanglantés,
Vers les hauts Monts, tandis qu'aux grèves
Ricanent les sphinx ameutés.

« S.-Pierre Massoni »

A Charles Baudelaire

LCHIMISTE cruel, pensif jeteur de sonde
Dans le noir océan des ténèbres du cœur,
Promenant au hasard ton rire et ta rancœur.
Amer et dédaigneux tu traversas le monde !

Goutte à goutte versant la magique liqueur
De ton vers tout puissant qui détruit et qui fonde,
Tel qu'un Esprit flottant mystérieux sur l'onde,
Tu dominas ton temps satanique et vainqueur.

De la pourpre lyrique habillant l'ironie,
Tu montras le néant de notre âme infinie
Et fis sur nos fumiers éclore Floréal.

Royal vautour portant l'être humain dans tes serres,
Nul n'a fouillé plus bas l'abîme des misères,
Ni d'un plus haut essor plané dans l'idéal.

EDMOND PICARD

Les Fleurs du mal

ÉRACLÈS merveilleux, vers un clos d'Hespérides
Vers un clos que gardait le dragon du Réel,
Les fils de l'Idéal aux songes de pur ciel
Partirent un beau soir par les routes arides ;

Ils n'avaient pas de glaives et leurs bras rapides
Pour conquérir le beau verger aux fruits de miel
Étaient vierges du bon estoc essentiel,
Ils n'avaient pas de boucliers d'acier limpides ;

Or voici que poussaient vers eux sur le chemin
Des fleurs aux éclatants pétales de carmin,
Des fleurs comme on n'en vit jamais sur les cépées ;

Et de ces fleurs du mal avec leurs mains, ces preux
Se firent pour tuer le monstre des épées
Et des égides où riaient des reflets bleus !

EDMOND PILON

O vase de tristesse, ô grande taciturne...
CH. B.

Vase de tristesse, ô grande taciturne,
O ma Mémoire, ô toi que grandit le cothurne
Prestigieux du Temps, je te ferai l'accueil
Que les tristes font à leurs frères. Lourd de deuil
Et de remords, que ton front vers le mien s'incline
Et réconforte-moi de tristesse divine,
O Mémoire, ô rappel du Passé que je fus!
Guide mes pas peureux dans tes fourrés touffus
Et verse dans mon cœur l'âme de mon mystère,
Que mon cœur à sa source enfin se désaltère!
O veuve des jours morts, tombe des vains amours,
Du songe qui me prit en ses savants détours,
Belle femme, ô Mémoire, ô morne aux yeux d'abîme,
Exhalant un parfum de ténèbre et de crime,
Toi que drape de long le deuil des souvenirs,
Qui détient le secret des puissants élixirs,
Mêlant pour endormir ton éternel automne
Au vin subtil de rose un poison d'anémone,
Toi dont la main maigrie adoucit la douleur
Et cueille d'autrefois jalousement la fleur,
Sois mon amie et ma famille et ma patrie!

Tu me révéleras l'arcane de la Vie
Et tu me mèneras promener sur la mer
Lorsque tu m'auras fait présent du rêve amer.
Et là, parmi les flots hurlant à nos visages
Et le vol des oiseaux fou de mauvais présages,
Toi le Passé, moi déjà presque l'Avenir,
Libres amants, pour ne jamais nous désunir.
Nous nous abîmerons dans la mélancolie
Mugissante des vagues ; et notre folie
S'en ira sur la mer, effroi des ouragans,
Dernier débris de moi dans la fuite des ans
Qui s'effondre en la Nuit sous l'œil faux de Saturne,
O Vase de tristesse, ô grande taciturne !

YVANHOÉ RAMBOSSON

Avril 1893.

A Baudelaire

La Dame étrange et docte à qui tu murmurais,
Parce qu'elle savait être belle et se taire,
La douleur et l'orgueil de ton soin solitaire
Et chaque soir, hélas !, plus mornes tes secrets,

En larmes, sur la dalle unie et sans degrés
Qui marquait tristement le sol dépositaire,
S'est assise, des ans, avec leur ombre à terre,
Regardant croître l'if et grandir le cyprès.

La Poësie en deuil aime les tombeaux nus
Mais l'heure, le réveil et les pas sont venus...
La cendre enfin tressaille au nom qui se diffuse ;

Et, pour sonner ta gloire à qui pleura ta Mort,
Celle qui fut l'amante est maintenant la Muse
Qui d'un geste de bronze embouche un buccin d'or !

Henri de Régnier

IN HONOREM BALDELARII NOVEMPEDALIS PROSA

UM vocabulis barbariæ
Jam tabe tinctæ tam varie
Te cantabo, Baldelarie.

Nam sanie mixtâ spermati
Quam e profundo stillavisti
Omnino sumus unguentati.

Et tamen hanc sitimus horam
Quæ novi sæculi in coram
Albescentem dabit auroram.

Idcirco a nobis amaris,
Feminea figura maris,
Dura dulcedo in amaris.

Spineti tui rosa et ros
Nos inebriant totum per os
Subtiles simul ac Barbaros

Quisque clamat, quum ostentas cor
Unde fluunt pus flensque liquor :
« Spero necnon et derelinquor. »

Hinc cultus ad tuum cadaver
Est andropogon seu vetiver
Donec ex eo virescat ver.

Interea tenemus altum
Procellosis ventis turbatum ;
Et, quum jam mergimur, surgis tum,

Et per mare tenebrarum fis
Stella poli carminum scaphis
Multicolorum polypsephis.

Quare, deitas invocanda,
Hâc voce putidâ, luridâ,
Balbutiente singultim, da

Ut te cum linguâ barbariæ
Jam tabe tinctæ tam varie
Cantaverim, Baldelarie.

JEAN RICHEPIN

A La Très-Belle.....

A la très-sage, à la très-belle
Qui fait ma joie et ma santé.....
Ch. Baudelaire.

 celle qui la première
fit battre plus vite mon cœur,
à la déesse coutumière
porteuse du baiser vainqueur,...

à la plus magique des femmes,
dont je me grise chaque fois,
dont le regard flambe de flammes
comme un bûcher au fond des bois,

à l'idole à la robe sainte,
seul paradis que j'aie compris,
délicieuse et verte absinthe,
joyau d'inestimable prix,

mélange de lys et de rose,
parfum subtil d'ambre et de miel,
lumière d'une apothéose,
rayon radieux du grand ciel...

à l'amante longtemps rêvée,
à celle qui domine en moi,
étoile au zénith enlevée,
source du fleuve de l'émoi,.....

salut en la vie immortelle,...
à la reine par la beauté,
à la très sage, à la très belle,
salut en l'Immortalité!...

Léon Riotor

Baudelaire

Les autres — c'est, dans nos Flandres épiscopales,
La bruine des carillons intermittents,
Gouttes de son, humbles concerts, couleur du temps,
Qui faufilent d'un peu de chant les brumes pâles.

Lui — le bourdon à la rumeur contagieuse,
En qui tout autre bruit s'absorbe, comme embu,
Comme englobé dans son sillage, comme bu
Par sa vaste musique éparse et spongieuse ;

La cloche de génie, et qui fait violence
A l'air, vite oublieux des carillons légers,
Trop frivoles vraiment, vraiment trop passagers ;

Le bourdon sonnant l'heure en tintement final...
Voix durable en l'espace, ô lui, l'Épiscopal,
Qui frappa comme à coups de crosse le silence !

Georges Rodenbach

Pour la Basilique des « Fleurs du Mal »

E miracle apparait qu'ignorants du prodige
N'avaient su proclamer leurs instants absorbés
Dans la honte et la peur des veules, succombés
Au large de ces mers terribles de vertiges.

Qui ne s'incline, fier par l'antique prestige
De saintement gravir l'enceinte des jubés,
Devant le reliquaire et les flambeaux tombés,
Est indigne d'ouvrir les Gloires — qu'il afflige.

Héroïque destin d'une âme, si le sort
Doit ne la divulguer qu'aux fastes de la Mort
Pour les vœux de la foule à sa vie interdite,

Le Poète relègue en un cloître d'orgueil,
Solitude d'inaccessible roi qui médite,
Le songe somptueux dont luira son cercueil.

ALBERT SAINT-PAUL

A celle que j'ai entrevue...

es souvenirs fleuris qui nous restent d'Athènes,
Des bosquets d'oliviers et des vallons sacrés,
Nous disent qu'autrefois les déesses hautaines
Avaient de grands yeux bleus et des cheveux cendrés.

Et si j'ouvre ce livre où s'éteint toute peine,
La Bible, d'où le cœur reçoit l'air et le jour,
J'y trouve que c'est Dieu qui commande l'amour,
Et que s'il perdit Ève il sauva Madeleine.

— Belle enfant, dont les yeux ne disent pas vingt ans,
La déesse des Grecs et la vierge chrétienne
Ont uni sur ton front leurs attraits éclatants :
L'amour nazaréen et la beauté païenne !

Aurélien Scholl

Vers Dorés pour Charles Baudelaire

Par ici, vous qui voulez manger
Le Lotus parfumé !...
BAUDELAIRE.

A terre merveilleuse où ta proue aspira
Et que tu ne conquis qu'en chantant dans les voiles,
Nous l'avons fait surgir des mers que consacra
L'immersion d'un flot magnifique d'étoiles.

Ton verbe la créait, mais tu ne croyais pas
A la réalité splendide de ton verbe
Et le souffle douteux que soulevaient tes pas
Éparpilla toujours l'or pompeux de tes gerbes.

Tu fatiguas les flots de nefs d'airain, courbé
Sous des sceptres lointains de palme, aux vierges Iles
Puis tu sentis en toi, ta fierté succomber
Quand tu compris l'élan de tes nefs, inutile.

Il eût été bien mieux de te proclamer Roi
De trompes d'or sonnant d'épouvanter les ondes
Et de faire surgir un monde égal à toi
Du tumulte pacifié des mers profondes !

Que nous importe à nous, la révolte des mers?
Et qu'il existe ou non une terre sacrée :
Chaque nuit, le torrent des astres croule et crée
Un continent de gemme, aux verts palmiers d'éclairs !

Pour en consolider l'errante illusion
Nous l'immobilisons du poids de notre essence :
Et puis nous imposons ces belles visions
Qui nous ont investis de leur toute-puissance.

Et le monde agonise en un ricanement
A nos fronts incompris, il prodigue l'injure. —
Le Puits Maudit veut rétrécir le firmament
Mais l'Azur irrité plane et le transfigure.

II

Nous nous sommes conquis sur l'antique univers
Nous le repétrirons, ô Maître, à notre image :
Et couronnés d'insulte aussi bien que d'hommage
C'est pourquoi nous passons portant des rameaux verts.

Nous sommes les enfants élus de la Victoire !
Nous rêvons un empire et nous le conquerrons
Mais ton Ombre égarée aux bois expiatoires
Nous conduit au chant clair de ses pâles clairons.

Quand ton Ombre a passé par nos midis suprêmes
Aux poudres des chemins nous nous sommes couchés :
Ton Ombre a secoué sur nous comme un baptême
Les lys élyséens, par ta dextre fauchés.

Ah ! verse-nous aussi le pardon des colères
Et la coupe d'oubli puisée au doux Léthé
Et l'on verra passer nos cohortes célères
Dans l'éclat pacifique et divin des étés !

EMMANUEL SIGNORET

A Baudelaire

Ô Jardinier des Fleurs du Mal, ô Baudelaire,
Qui, des venins amers aux lys sombres cachés,
Sus tirer la liqueur exquise des péchés,
Pour consoler d'Adam la race séculaire;

Vigneron du coteau que mûrit la colère
Des soleils ténébreux sur la terre penchés,
Chars des Icares morts sur les chemins cherchés,
Martyrs dont le mépris des sots fut le salaire;

Chercheur du feu sacré des éternels enfers,
Qui plongeas dans l'horreur des abymes ouverts
Sous les pas chancelants des mornes destinées;

Je t'aime, ô contempteur des communs paradis,
Pour ta haine des Dieux, ton amour des maudits,
Et ta grande pitié pour les femmes damnées!

Armand Silvestre

21 novembre 1895.

« Ton souvenir en moi luit comme un ostensoir. »

Baudelaire.

vierge devenue, hélas, femme d'autrui
J'eûs, en sa prime fleur, ton âme virginale ;
Je t'aimai chastement, chère ; encore aujourd'hui
Mon amour est vivant sous la pierre tombale.

Sous la pierre tombale à la froideur banale
Vibre un peu du soleil qui pour nous deux a lui ;
Il emplit de clarté la crypte sépulchrale,
Et le caveau devient un temple, grâce à lui.

Plus rien d'humain ne peut troubler ce sanctuaire :
Tu ne m'appartiens pas, et je hais l'adultère ;
Pour nous, l'amour des sens est mort, mort sans espoir.

Mais je garde en mon cœur le culte de ton âme.
O toi que j'aimai vierge, et qu'un autre a pour femme,
Ton souvenir en moi luit comme un ostensoir.

Louis Moissenet

A cette dame

OUJOURS aimer avec nos cœurs toujours malades !
...Les lauriers sont flétris dont vous êtes l'Automne,
O ma saison toujours pensive et sans couronnes
Et je suis le jardin de votre promenade.

Avant d'effeuiller tout parmi toutes les branches,
Venez lire, pour y songer les jours de larmes,
La mort des lèvres et des cœurs et de vos charmes,
Et mettre au livre le parfum de vos mains blanches....

GABRIEL SOULAGES

Le Désir

Les Esprits malins dont le séjour chorégraphique
Qu'on dit insaisissable est pourtant inclus en nous,
Les bleus Démons à la langue irristible et saphique
Titillent notre chair de leurs chauds baisers de fous !

Et ni grâce, ni trêve ! Et notre amour adelphique
Se consommant, vainqueur, ainsi qu'un péché bien doux,
N'aura vécu que lorsque, ivre du rut maléfique,
L'Incube aura roulé dans le terminal Dessous !

Alors, le cœur nageant dans des délices de baume,
Du Triomphe absolu sourdra la réaction...
Mais question n'est pas de Satan ni de Sodome :

Ainsi, lorsqu'au Désir succède l'Obtention,
L'éréthisme aussitôt se résout en veulerie ;
Le Désir exaucé n'est plus qu'une duperie.

Passion, c'est souffrance, oh ! l'Amour est Passion !
Mais les Passions sont la Vie et pour Vivre on prie !
Quand la femme adorée est morte on se remarie !
La viduité, c'est la pire finition.

Or, vraiment serions-nous sans ces démons tutélaires
Qui nous hantent, fatals comme des fils du Destin,
Et qui, raillant l'exorcisme des prêtres colères,
Les accablent encore des reliefs du Festin ?...

Aussi, la volupté du désir est prolifique.
Dans vos cieux idéaux, planez, Esprits tout absous !
Démons, que votre langue irrésistible et saphique
Titille notre chair de vos chauds baisers de fous !

André Veidaux

A Charles Baudelaire

UGO régnant, quand tous n'étaient que son reflet,
Un soir, tu les quittas et leurs routes battues,
Pour t'en venir, puissant et seul, vers les statues.
D'un art en marbre noir veiné de violet ;

Grandes, qui reposaient sous des roses funèbres,
Les bras en croix et les deux seins désenflammés ;
Ton regard clair toucha leurs pauvres yeux fermés,
Et renova leur âme en ces closes ténèbres.

Tu les ornas de ton orgueil, toi, le hanté
De vice et de terreur, d'amour et de prière
Et les vêtis soudain d'une telle lumière
Qu'elles furent la Vie et ton Eternité.

Depuis, au long des jours de désir et de haine
Dont les soleils couchants meurent au fond du cœur,
Celles que tu créas rêvent d'une douleur
Etrangement nouvelle et fervemment humaine,

Et crient au loin ton nom qui rayonne d'un feu
Céleste et souterrain comme une pierre ardente,
O poëte, qui retournas l'œuvre de Dante
Et mis en haut Satan et descendis vers Dieu.

ÉMILE VERHAEREN

A Charles Baudelaire

....« *Plains-moi ...Sinon je te maudis.* »
CHARLES BAUDELAIRE.

QUAND — hommage pieux — les poètes laurés
Jetèrent, tour à tour, leur plume sur sa bière,
Peut-être que, parmi ses clairs rêves dorés,
L'âme du vieux Spencer en a souri plus fière ;

Mais toi !... toute la Gloire eût-elle pris ton deuil
La Muse eût-elle dit ton haut panégyrique,
Le lourd sommeil qui t'a prostré dans le cercueil
Ne se fût pas troublé d'un rire sarcastique.

Dors, oublieux : l'Eternité n'est pas assez
Pour reposer ton cœur et ton âme lassés
De ce chemin de croix que tu semas de ronces ;

Est-il un pèlerin des antres sans réponses
Qui, se penchant pour épeler ton nom si las,
Répète : *Baudelaire !* — et ne s'attriste pas ?

FRANCIS VIELÉ-GRIFFIN

PROSE

E matin, j'avais reçu de mon ami un sonnet où revivait, encadrée d'images admiratives, la sardonique et suave personnalité de Charles Baudelaire. C'était aussi la première journée du printemps ; pour moi, sur les flots d'air renouvelé ondulaient à la fois les parfums renaissants et des strophes de l'*Invitation au Voyage*.

L'après-midi je traversai Paris ; un glacis d'or léger et mouvant chamarrait la patine de ses beaux vieux édifices et couvrait de joyaux la robe fraîche de la Seine. Jeux du soleil, ces taches de lumière ou reflets des regards haineux et tendres dont, jadis, l'immortel songeur maudit et caressa les pierres de la ville ? Mêlés à la valse aérienne des atomes et des clartés s'enroulaient et se déroulaient sans cesse en mon souvenir les vers évocateurs ; inconsciemment d'abord, ensuite volontairement. entraîné par leur rythme, j'essayai de m'esquisser, à mon tour, le satanique apôtre qu'ils ressuscitaient ; mais, ni le bruit continu, ni le mouvement de la foule, ni même le charme tiède de la saison n'accompagnaient harmonieusement la cadence des alexandrins ; rien de l'entourage ne concordait avec mes pensées, rien ne rappelait la grande figure encombrant ma mémoire, rien ne la symbolisait.

Puis, hors de la cité, en pleine atmosphère, je parcourus de longues, longues allées d'arbres tressaillants où se posaient mes imaginations aussi vagues et fugitives que les duvets envolés des bourgeons ; ils frémirent aux langueurs du soir venu ; les quatrains et les tiercets obsesseurs m'enlacèrent d'un treillis plus étroit ; maintenant, dans la nuit régnante, je ne discernai ni les duvets, ni les projets, et ne rapportai, de retour aux rues tumultueuses que la déception et la sourde humiliation d'une recherche vaine.

Devant le foyer où les flammes s'alanguissaient déjà sous le souffle ennemi de mars, un voyageur parlait ; ses paroles perçaient à peine la muraille de mes préoccupations ; elles prolongeaient les rimes que mes regards hallucinés lisaient, tracées par les cendres incandescentes sur la dalle de l'âtre ; elles vibrèrent davantage et dominèrent enfin le murmure intérieur qui résonnait obstinément en moi :

— Cet hiver, à Londres, pendant les fortes gelées, un marinier tomba à l'eau ; les bords de la Tamise étaient pris, et les glaçons, exhaussés de chaque côté, laissaient au milieu un espace libre où roulait un torrent ; le malheureux fut serré entre deux blocs, immergé jusqu'à la ceinture ; il se cramponna à sa barque renversée ; on tenta de le secourir, mais on n'osa s'aventurer jusqu'à lui. On l'apercevait, travaillant à se dégager par des efforts surhumains ; puis, il ne bougea plus et resta ainsi suspendu, soudé à l'embâcle. Alors, balancée par le courant, la banquise descendit à la mer, entraîna le cadavre ; ses mains raidies toujours levées au-dessus de sa tête, il passa sous les ponts. A chaque flux, à chaque reflux, il revint et repartit : La foule anxieuse se massait sur les rives....

J'écoutai le placide causeur.... et, tout à coup, pensai que derrière moi, ricanait le Hasard, ce dieu pour qui le poète brûla tant d'amer encens. Sous l'influence de cette présence sarcastique, en une seconde de clairvoyance, je sentis quel rapport nouait le récit de la sombre aventure à mes réflexions antérieures, quelle mystique fraternité liait l'artiste et le noyé. Je revis donc *compréhensiblement* la scène en son tragique effroi ; l'homme, proie de la gueule de glace, ses bras tendus vers les cieux plombés, fermés, sa face terrifiée que les fanaux coloraient fantastiquement de lueurs vertes et rouges, sa bouche crispée dont le mugissement des ondes furieuses éteignait les clameurs, la cohue, spectatrice impuissante et curieuse, suivant des yeux ce spectre emporté par les solitudes désolées, ramené dans la ville indifférente, ce prisonnier, à présent silencieux, saisi entre la double horreur d'un ciel sans pitié et d'un fleuve aussi rigide et glacé qui, sous la cruauté du jour, sous l'épouvante des ténèbres, le tenait et le poussait dans l'inexorable monotonie de ses marées.

JUDITH CLADEL

1er avril 95.

MON CHER CONFRÈRE,

QUOIQUE je n'aie pas encore l'âge d'un ancêtre j'ai le triste avantage d'avoir connu, vu passer dans le rayonnement de leur gloire ou la pénombre de leur détresse, ceux que la nouvelle génération salue et honore aujourd'hui. Charles Baudelaire est de ceux-là. Je ne saurais mieux faire que de vous recopier ce que j'écrivais au lendemain de la mort du poète.

. . . .

« Charles Baudelaire a disparu. Depuis quelque temps il n'appartenait plus au monde vivant; il est entré hier dans l'immortalité. Ce grand enamouré du *mot* ne trouvait plus ses mots. Ce cerveau puissant se débattait contre l'ombre envahissante. L'œil *voyait* encore peut-être ; la langue se refusait à parler.

« Aphasique, lui, Baudelaire, ce merveilleux causeur qui nous charmait en nos promenades dans Bruxelles, devant les tableaux ou les églises ! Chaque jour s'enfonçant plus avant dans la nuit, cette pensée toujours militante, inquiète, frissonnante ! « Vous avez créé un *frisson nouveau* » lui écrivait Victor Hugo au lendemain des *Fleurs du Mal*.

« Ce qui me frappait en lui c'est qu'attiré par le gouffre il s'arrêtait cependant au bord pour le mesurer et en sourire. Ce génie épris du mystère, de l'au-delà, de l'intangible était, en même temps, le critique le plus clair et le plus sûr. Narquois avec cela et de la race des *mystificateurs* du temps passé, un mystificateur sublime et macabre. « Il se *barattait* la cervelle pour en tirer de l'étonnement, me disait un grand poète qui l'a aimé et qui l'admire. (1)

« Je l'ai vu très sceptique et très dédaigneux devant certains disciples dont l'admiration compromettante lui pesait. Vallès vient d'être fort sévère pour lui dans son journal *la Rue*. Non, Baudelaire n'était pas l'homme dont parle l'auteur des *Réfractaires*. Ce grand artiste, ce grand styliste fut sincère. Il l'a bien prouvé en jetant sa raison en pâture au démon du mieux. La mort d'un homme répond de sa vie : Charles Baudelaire est mort tué par cet incube, l'Art. Il va rejoindre Edgar Poë dans le Panthéon idéal des maîtres. Si ce Panthéon a des caves sombres, le Français et le Yankee s'y rencontreront. Gloire au Poëte, paix à l'Immortel ! »

. . . .

Il me plaît aujourd'hui, mon cher confrère, de relire ces lignes et de constater que je suis un *baudelairiste* de la veille. Tout naturellement, en littérature comme en politique, les militants de la veille sont dépassés par les vainqueurs du lendemain.

Très cordialement à vous.

JULES CLARETIE.

5 novembre 1893.

(1) Je peux citer son nom aujourd'hui : c'était notre admirable et regretté Leconte de Lisle.

J. C.

Pour le tombeau de Baudelaire

LA figure de Baudelaire, aux regards des prochains siècles, ne s'éclairera pas d'une auréole plus vive qu'à cette heure. Le crépuscule du Romantisme tombe à l'origine de ce génie ; il fut le porte-lumière des errants et des égarés dans la nuit compacte où s'éteignirent les feux et les éclats de 1830. Les ombres que sa vie en éprouva accompagneront sa mémoire. Elles ne la ternissent pas ; elles la voilent. Ce n'est pas l'oubli ; c'est le mystère persistant après lui, un mystère qu'il voulut et composa, fait à souhait et presque inviolable. J'y vois Baudelaire comme un ange déchu, non pas désespéré ; car s'il tomba du ciel, il peut, ayant traversé le monde, reparaître et menacer le ciel, aux antipodes de sa chute. Baudelaire n'est pas méconnu ; on le reconnaît mieux, en cette atmosphère dense et pesante, où la complexité inattendue des sensations inquiète l'âme et, sans la fixer, la retient longtemps comme l'obsession d'un remords ou d'un pressentiment. Pourtant, je n'ose admettre que le subtil Poète ait consenti à subir l'émotion qu'il nous communique. Certes, sa religion plutôt corrompue que démoniaque, son amour moins perverti que raffiné, son idéal éclairant et chaleureux dans la fumée épaisse parfois de l'expression, encourageront toujours à se réclamer de son œuvre les mangeurs de haschich et les buveurs d'éther, les esprits vertigineux et les cœurs inconsistants, les occultistes et les sadiques ; ils adoreront Satan, suivant le rite qu'il institua sans y bien croire ; mais cette part de l'influence baudelairienne, mortelle dans ses effets, est périssable. Derrière ce cortège de trivialités, cet entourage excentrique, trop bruyant, trop odorant et trop coloré, qui sollicite et arrête la curiosité vaine du public, il faut voir en son refuge, deviner en son ironique dessin, un aristocrate hautain, un amant classique et délicat, protégeant son rêve d'un triple couvert, et priant la Douleur, la Solitude et la Résignation qu'après l'avoir purifié, elles l'élèvent ; aussi bien, le garderont-elles pendant la traversée des siècles, jusqu'à l'Immortalité.

DAUPHIN MEUNIER

Décor pour la Statue de Baudelaire

(MAQUETTE)

N front énorme que la lune blafarde lugubrement, et des yeux aux regards altiers de Créateur. L'homme est là, debout, un bras balant, et l'autre raidi, dont la main s'agrippe à un jeune tronc, à l'orée d'un bois. Les ongles de cette main griffent rageusement et pénêtrent dans la chair, par peur et par haine, par peur de choir plus bas et par haine du réel....

Sentiment d'une puissance géniale...

De ce front, de ces yeux, s'élance un merveilleux poème, un magique paysage.

⁂

D'abord, aux pieds du Poète, un précipice qu'aucun œil n'a mesuré, et qu'il domine, hautain.

De l'autre côté, en avant, un lac immense et calme, sans barque, sans vol d'oiseau, un lac où s'ensommeillent les nénuphars aux racines longues comme des pensées tristes, les nénuphars et les songes qui s'y viennent baigner, mystérieusement. Le ciel est immensément bleu, Il n'y a pas d'étoiles.

Derrière le Poète, la forêt gravit une colline, aux ombres et aux éclaircies fantastiques, tour à tour terriblement ténébreuse et atrocement lumineuse. Entre les troncs, rugueux comme des rocs maléfiques en menace vers le ciel, les clartés ont de diaboliques regards.

Lentement, perpétuellement, le décor change ses formes, ses couleurs. D'abord le voile immense des brumes opalines, la myriade des reflets, la vie et comme le bruit des couleurs qui s'en viennent de tous les coins du monde se coucher en ce bois magique : les ors et les argents, les rouges et les verts, les bleus et les jaunes, les oranges, les indigo, les vermillons et toute la gamme des pierres précieuses et de leurs transparences. Peu à peu, s'effacent les teintes et les joies ; les groupes s'assemblent, se fondent, s'annihilent et voici que surgissent dominateurs, le rouge et le vert. Puis le rouge reste seul, en royale agonie. Le crépuscule défunt, le noir sort de ces antres, s'étend, serpente, se multiplie, grimpe aux troncs, aux montagnes, atteint les nuages et tue leur fantasmagorie colorée. L'orgie a jeté son dernier rire de vie, son dernier cri de luxure. Voici que s'alourdit la domination de l'obscur et du Terrible où de blancs éclairs dessinent des menaces et des espoirs.

***

Là-bas, la-bas, dans le sentier, marchent à pas lents, lascifs, les filles de joies, les belles filles aux chairs roses et celles aussi à la peau de ténèbre.

JACQUES DES GACHONS

Septembre 1893.

Baudelaire à Bruxelles

JE n'oublierai jamais ce soir mémorable. Les journaux bruxellois avaient banalement annoncé une conférence de Baudelaire. Le fait d'un grand poète, d'un des plus absolus esprits du temps, promulguant sa foi littéraire publiquement, semblait encore négligeable. Il faut se rappeler l'indifférence totale du Bruxelles d'alors pour l'art suprême des mots : quelques lettrés seulement connaissaient l'auteur des *Fleurs du Mal* ; on vivait dans un air saturnien où se plombait l'Idée.

La Proscription, en passant par le territoire belge, n'avait agité que superficiellement ce consternant marasme : ils étaient restés sans amis intellectuels, les maîtres de la parole, les puissants ouvriers de la plume ; on leur avait ouvert les maisons ; on ne leur ouvrit pas les esprits. Ils séjournèrent en Belgique comme en un pays de Cocagne où plusieurs, trop fêtés, d'excès de bien-être et de nourriture, s'épaissirent. Le puissant terreau national convenait mal à la fine plante française ; certaines essences délicates s'y corrompirent ; peut-être Baudelaire, très isolé, froissé par la brutalité des contacts, y conçut le germe des spleens qui le menèrent à la mort. Il fallut la centralité de Victor Hugo, sa pléthore de personnalité, l'espèce de congestion littéraire où il vécut, pour lui épargner les avaries. Celui-là eût peuplé un désert de ses voix ; il surplomba la stupidité des foules.

J'étais, à cette époque, un assez pauvre clerc en littérature : il n'y avait pas longtemps que j'avais quitté le collège ; mon credo ne dépassait guère Hugo, Vigny, Lamartine et Musset. Un simple hasard m'avait initié aux splendeurs douloureuses, aux âcres et persuasives suggestions de la poésie baudelairienne, Il se trouva qu'un exemplaire des *Fleurs du Mal*, exposé a la vitrine du libraire Rosez, y fût ouvert à cette page hallucinante, *Une Martyre*. Je lus avec une angoisse d'admiration ce qu'à travers la cloison des vitres il me fut possible d'en lire. Le livre demeura là trois jours ; je m'imprimai tout vifs dans la mémoire ces ardents tableaux, ces images d'amour et de mort.

Il me fut ainsi révélé une religion nouvelle. Jalousement, dans le silence de ma chambre d'étude, je me redisais l'extraordinaire musique de ces vers morbides et voluptueux. Elle me donnait le goût de souffrir, elle me versait un triste et merveilleux délice. Je n'eus de trêve que je ne possédai enfin la source même des soifs subitement éveillées en ma vierge humanité. Elle me surexcita jusqu'au spasme ; je m'en affolai comme d'un péché ; mon âme catholique connut l'attrait et le danger de la Damnation. Je fus ainsi un des rares jeunes hommes, s'il en fut d'autres, qui apportèrent à la conférence du Poète la passion de son génie.

Le Cercle littéraire et artistique siégeait encore au gothique palais qui fait face à l'Hôtel de Ville. Cette fruste et historique architecture, rajeunie depuis, devenue le dessin d'une châsse exquisement orfévrée, abritait alors au long de son rez-de-chaussée des commerces de grainetiers et d'oiseleurs : c'était une des activités de la Grand'place. Mais l'étage restait réservé aux parties de billard alternées de plaisirs plus délicats, qui défrayaient les soirs des notables du cénacle. On montait un perron, on gravissait un raide escalier; une porte s'ouvrait, qui était celle de la salle des conférences.

Un peu tardivement m'était échue la carte d'invitation ; je ne pus me presser assez pour ouïr les prolégomènes. L'escalier était vide quand j'en escaladai les marches ; un silence régnait sous les voûtes ; je ressentis une honte à la pensée que j'arrivais le dernier. Je me figurais une affluence solennelle et dévote, accourue comme à un gala. Un huissier attira le haut battant : j'entendis une voix grêle et mordante, d'un régistre élevé : elle s'enflait sur un mode de prédication ; elle syllabisait avec emphase ce los à un autre royal poète : — « Gautier, le Maître et mon maître... »

Je me glissai dans la salle. C'est encore, après tant d'années, un sujet de stupeur pour moi, la solitude de ce grand vaisseau où je craignais ne pouvoir trouver place et qui, jusqu'aux dernières pénombres, alignait ses banquettes inoccupées. Baudelaire parla ce soir-là pour une vingtaine d'auditeurs ; il leur parla comme il eût parlé à une cour de princes et leur proposa un Gautier altissime, l'égal des grands papes de l'Art. A mesure, un étonnement s'exprimait sur les visages, peut-être l'inquiétude d'une secrète ironie cachée sous une louange en apparence immodérée. Nul, parmi l'assistance, ne se représentait en ces proportions olympiennes, sous une telle pourpre, le Poète magnifique, mais encore mal connu que son émule, le maître étincelant et quintessencié, exaltait comme un éponyme.

Baudelaire cultivait précieusement l'ironie : il l'exerçait comme une escrime avec la correction froide et la souplesse déliée d'un merveilleux tireur. Elle mettait autour de sa sensibilité comme l'enveloppe et la défense d'une cotte de mailles. Cette ironie, nourrie de Poë et des humoristes anglais, ne dédaignait pas la mystification. Il me parut que l'auditoire, sans doute averti, redoutait une surprise de la part de cet ironiste acéré et déconcertant. Je me sentis inondé, quant à moi, des torrentielles beautés d'un discours qui n'était que la plus adroite et la mieux déguisée des lectures. Je communiai avec le Poète dans l'enthousiasme. Je lui dus dans l'avenir de ne jamais démériter de l'exemple qu'il m'avait donné en honorant les Maîtres et les Aînés.

Une petite table occupait le milieu de l'estrade ; il s'y tenait debout, en molle cravate blanche, dans le cercle lumineux épanché d'un carcel. La clarté tournoyait autour de ses mains fines et mobiles ; il mettait une coquetterie à les étaler ; elles avaient une grâce presque féminine en chiffonnant les feuillets épars, négligemment, comme pour suggérer l'illusion de la parole improvisée. Ces mains patriciennes, habituées à manier le plus léger des outils, parfois traçaient dans l'air de lents orbes évocatoires ; ou bien elles accompagnaient la chute toujours musicale des phrases de planements suspendus comme des rites mystiques.

Baudelaire affectionnait les beaux gestes de la chaire. Ses manchettes de toile lâche, s'agitaient comme les pathétiques manches des frocs. Il déroulait ses propos avec une onction quasi ecclésiastique, il promulguait ses dilections pour un maître vénéré d'une voix spéciale, liturgique. Indubitablement, il se célébrait à lui-même une messe de glorieuses images ; il avait la beauté grave d'un cardinal des lettres officiant devant l'Idéal. Son visage glabre et pâle se pénombrait dans la demi-teinte de l'abat-jour ; j'apercevais se mouvoir ses yeux comme des soleils noirs ; sa bouche gardait une vie distincte dans la vie et l'expression du visage ; elle était mince et frissonnante, d'une vibratilité fine sous l'archet des mots. Et toute la tête dominait de la hauteur d'une tour l'attention effarée des assistants.

Au bout d'une heure, l'indigence du public se raréfia encore, le vide autour du magicien du Verbe jugea possible de se vider davantage; il ne resta plus que deux banquettes. Elles s'éclaircirent à leur tour, quelques dos s'éboulaient de somnolence et d'incompréhension.

Il parla pendant près de deux heures. La salle lentement s'était à peu près toute écoulée ; peut-être ceux qui restaient s'étaient émus d'un penser secourable, peut-être ils demeuraient comme un passant accompagne au champ funèbre un solitaire corbillard.

Le Poète ne parut pas soupçonner cette désertion qui le laissait parler seul sous les hautes travées. Une dernière parole s'enfla dans le vent des manchettes : « Je salue en Théophile Gautier, mon maître, le plus grand poète du siècle. » Et la taille rigide s'inclina, il se libéra en trois saluts corrects — à moins qu'ils ne fussent ironiques — de la politesse glacée des applaudissements. Rapidement une porte battit. Puis un huissier emporta la lampe ; je demeurai le dernier dans la nuit retombée, dans la nuit où sans écho était montée, s'était éteinte la voix de ce Père de l'Eglise littéraire.

CAMILLE LEMONNIER

Les premiers vers de Baudelaire

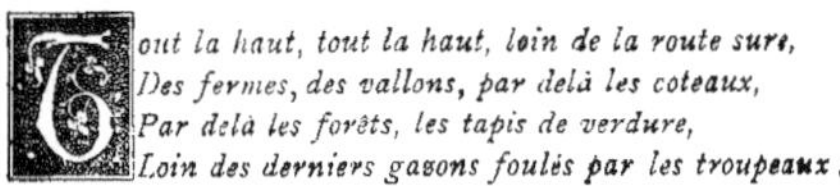

Tout la haut, tout la haut, loin de la route sure,
Des fermes, des vallons, par delà les coteaux,
Par delà les forêts, les tapis de verdure,
Loin des derniers gazons foulés par les troupeaux ;

On rencontre un lac sombre encaissé dans l'abîme
Que forment quelques pics désolés et neigeux.
L'eau nuit et jour y dort dans un repos sublime
Et n'interrompt jamais son silence orageux.

Dans ce morne désert, à l'oreille incertaine
Arrivent par moments des bruits faibles et longs
Et des échos plus morts que la cloche lointaine
D'une vache qui broute au penchant des vallons.

Sous mes pieds, sur ma tête et partout le silence,
Un silence qui fait qu'on voudrait se sauver,
Le silence éternel en la montagne immense,
Car l'air est immobile et tout semble rêver.

On dirait que le ciel dans cette solitude
Se contemple dans l'onde, et que ces monts là-bas
Ecoutent, recueillis dans leur grave attitude,
Un mystère divin que l'homme n'entend pas

Et lorsque par hasard une nuée errante
Assombrit dans son vol le lac silencieux,
On croirait voir la robe ou l'ombre transparente
D'un esprit qui voyage et passe dans les cieux.

Qoiq'on ne trouve ces vers dans aucune édicion de Baudelaire, ils ne sont pas tout à fait inédits : Je les ai communiqés à un de nos amis qui faisait une notice nécrologiqe sur Baudelaire pour Pincebourde. Ils doivent être de 1840 ; c'est vers cète époqe qe j'ai conu Baudelaire au colège Louis le grand, en même temps q'Octave Feuillet et Deschanel. Nous n'étions pas très liés, car je n'étais pas de sa classe, mais je le respectais beaucoup, parceq'il était fort en vers latins. C'est la meilleure école pour faire des vers français, et depuis q'un ministre a imaginé de suprimer les vers latins dans les lycées, les jeunes gens ne savent plus ce que c'est qe la prosodie.

Alors come aujourdui, les candidats à la littérature se groupaient en sociétés d'admiracion mutuèle. Dans le cénacle de Baudelaire, il i avait Banville, Murger, Pierre Dupont, Champfleury, Privat d'Anglemont, Vitu, Asselineau, Filoxène Boyer, et un peintre de beaucoup de talent nomé Deroy, qi est mort très jeune, et dont il ne reste, je crois, qe deus portraits, celui du père de Banville, qi doit apartenir à Rochegrosse, et celui de Baudelaire à vingt ans, qi a été chez Asselineau et qe j'ai revu depuis chez le docteur Piogey. Il a figuré à une de nos exposicions universèles. J'espere q'il sera un jour au Louvre, où il tiendra très bien sa place.

Nous n'étions pas cent à conaître Baudelaire et pas dis à l'admirer. Vous êtes trop psicologue pour suposer que tous les poètes du cercle de Baudelaire le reconaissaient pour leur chef, mais chacun d'eus lui donait la seconde place. Leconte de Lisle était d'un autre groupe ; je crois qe c'est chez moi q'ils se sont rencontrés. Leurs relacions m'ont toujours paru très cordiales. Baudelaire a publié je ne sais où, peut-être dans le Parnasse de Lemerre, une notice très bienveillante sur Leconte de Lisle, et dans le dernier volume de Leconte de Lisle, publié cète anée, il i a un article très élogieus sur les *Fleurs du Mal*, article qi avait paru dans la Revue européène en décembre 1861.

Louis Ménard.

P. S. — Je viens d'assister, par le téléfone, à un dialogue entre Baudelaire et Leconte de Lisle dans le paradis des poètes.

Leconte de Lisle. — Bonjour, mon ami. Vous savez q'on va vous élever une statue ; c'est moi qi suis président du comité.

Baudelaire. — Pas possible ! Et Téofile Gautier, mon maître inpeccable, n'a pas encore la sienne ! Coment avez vous pu vous mêler de cela ?

Leconte de Lisle. — Si j'avais refusé, on aurait dit qe j'étais jalous, et vous savez qe j'ai trop d'orgueil pour cela.

Baudelaire. — Oh oui, je sais, je sais, mais je n'aime pas la sculpture, c'est un art de Caraïbes. Un buste, c'est bon pour vous, qi avez une tête de Jupiter.

Leconte de Lisle. — On ne dit plus Jupiter, on dit Zeus.

Baudelaire. — Oh laissez moi tranqile avec votre grec. Cela me rapèle le colège, et Louis Ménard, son paganisme et sa poésie filosofiqe. J'ai peur de le rencontrer, il voudrait me convertir aus faus Dieus.

Leconte de Lisle. — Rassurez-vous, il n'est pas encore ici ; je l'ai laissé là haut en très bone santé, ne faisant plus de littérature : il a même oublié l'ortografe.

Baudelaire. — Coment ! est ce q'il n'est pas docteur es lètres ?

LECONTE DE LISLE. — Mais oui, et cela n'en est qe plus drôle. Revenons à votre monument. Il ni avait pas d'autre moyen de consacrer votre gloire éternèle.

BAUDELAIRE. — Si, il i avait un autre moyen : il falait rééditer mes œuvres, qi doivent être épuisées. C'est cela qi était moi. Je me moqe bien de ma figure ; je n'avais pas la ligne come vous, je n'avais qe de l'expression, et l'expression, il n'i a qe la couleur qi puisse la rendre.

LECONTE DE LISLE. — Mon ami, vos œuvres sont épuisées en èfet, mais si on les réimprimait, la géněracion nouvèle, qui vous admire de confiance, pourait lire vos vers. On s'apercevrait qu'ils sont sur leurs pieds, et on vous trouverait rococo. Ce qi est à la mode la haut, c'est ce q'ils apèlent les vers polimorfes, et qe de notre temps on apelait des vers faus.

BAUDELAIRE. — Tiens, j'aperçois Banville, alons lui sèrer la main, il nous récitera de vrais vers, des vers rimés et ritmés selon les regles de la prosodie romantiqe.

LECONTE DE LISLE. — Vous avez raison ; restons fidèles au romantisme, et si les vivants brisent cète bèle langue que nous aimions, continuons à la parler dans le monde idéal ;

Pour de plus hauts destins qu'un autre siècle naisse
Et d'un culte proscrit s'éloigne sans remords,
Fidele au songe eureus qi berça sa jeunesse
Lui, restera courbé sur la cendre des morts.

L. M.

Le premier éditeur, Poulet-Malassis, avait imprimé :

. . . .

Le chariot aux lourdes roues,
Le wagon enragé peut bien
Écraser ma tête coupable

. . . .

Le vin de l'assassin. *Les Fleurs du Mal*

Dans l'édition ~~suivante~~ postérieure Michel Lévy (*Baudelaire, Œuvres complètes, 7 vol. in 12*), le correcteur "intelligent" (— Dieu vous garde !) intervient : "— *un wagon n'enrage pas*, *un wagon s'enraye* ..." — et l'animal corrige ! — Asselineau s'était obstiné à revoir seul les épreuves pour l'ami parti, sa piété jalouse repoussant toute aide. Mais lui-même était atteint déjà du mal qui allait nous l'enlever .... — Le monstre lui échappa : l'édition Lévy porte inséparablement à jamais

Le wagon enrayé ~~peut~~ bien

Baudelaire, si minutieux dans le soin de son Œuvre, en fût tombé roide....

Pour comble de cruauté, l'édition dernière elle-même — définitive — de notre puissant ~~et~~ très précieux Lemerre reproduit à jamais ce niais non-sens.

Contre l'irréparable, que faire ?

Qu'au moins cet erratum soit ici apporté comme couronne funéraire à la mémoire de l'ami glorieux et ~~bien~~ cher. — Je veux croire, s'il nous regarde, que cette oblation ne lui sera pas la plus indifférente.....

— Nadar

Correctement selon le texte, le premier éditeur de Baudelaire, Poulet-Malassis avait imprimé :

....
Le chariot aux lourdes roues
Le wagon enragé peut bien
Ecraser ma tête coupable
....

(*Le Vin de l'Assassin*. (Les Fleurs du Mal).

Dans l'édition postérieure Michel Lévy, (*Baudelaire, Œuvres complètes*, 7 vol, in-12), un correcteur « intelligent » (— Dieu vous garde ! —) survient :

« Un wagon *enragé !* Qu'est-ce que c'est que ça ? Qui est-ce qui a vu ça : « un wagon *enragé ?* » — Un wagon n'enra*G*e pas : un wagon s'enra*Y*e. »

— et l'animal corrige !

Asselineau s'était chargé de revoir les épreuves pour l'ami avant nous parti. Mais lui-même déjà était atteint du mal qui allait nous l'enlever, et sa piété jalouse s'obstinait à repousser tout concours : le Monstre lui échappa... — Inexorablement, à jamais, l'édition Lévy porte

Le wagon enraYé peut bien

Baudelaire, si minutieux dans le soin de son Œuvre, en fût tombé roide !...

Mais ce n'est pas tout, — et, comble de cruauté, voici qu'elle-même l'édition dernière, définitive, de notre pourtant impeccable Alphonse Lemerre reproduit à jamais l'abominable, le niais non sens !

Le wagon enraYé peut bien

J'ai supplié Lemerre de mettre un « carton. » L'a-t-il mis ? — Mais tous les exemplaires déjà sortis, et combien !!!

Contre l'irréparable, que faire ?

Qu'au moins cet erratum soit ici apporté comme couronne funéraire à la mémoire de l'ami glorieux et cher.

Je veux croire, s'il nous regarde, que cette oblation ne lui sera pas la plus indifférente....

NADAR.

E véritable signe, pour l'artiste, de sa divinité, c'est la joie pure et naturelle de son chant. En vain son esprit fut souillé par d'antiques ou de modernes éducateurs, en vain a-t-il endossé parfois le costume à la mode : dans son œuvre il apparaît délivré de toute influence étrangère, retrouvant pour créer la simplicité primitive. — Je vois ainsi Baudelaire. Cette attitude qu'il dut se composer dans la vie pour vaincre l'indifférence de ses contemporains n'a pu tromper que les lecteurs superficiels.

La critique et les vaines admirations s'acharnèrent après une défroque vide, tandis que le Poète se dérobait, souriant et inviolé. Au costume du dandy, aux pots de fard qui attirent comme des mouches, les petits biographes, je joins le masque du chrétien à la Pascal, celui du pessimiste contempteur de l'humanité. Rien, je l'affirme, ne m'intéresse que son âme nue.

Et la sienne planait bien au-dessus de ces misères. Je ne m'arrêterai donc point aux arabesques de son œuvre, aux cris de mépris, de révolte ou de dégoût : seul son amour m'attire. Et si je sais le surprendre, je l'aperçois comme enivré par la révélation de beauté qu'il nous apporte. Cette beauté est si neuve ! Ce n'est plus celle d'une enfance gauche et d'une barbarie sommeillante ; c'est la beauté du labeur, de l'effort incessant, de la maturité victorieuse : La Femme créant elle-même sa grâce par le costume, l'Homme créant par son activité le poème sublime de la Ville, l'Ame enfin à l'aide des sens, chaque jour plus affinés, élargissant le domaine de la Connaissance, embrassant le monde dans ses multiples harmonies.

HUGUES REBELL

POÈTE, que tu m'as trompé !

Je t'ai cru : grâce au charme de tes mots magiques, j'ai cru qu'il y a des lieux où l'on trouve de mystérieuses et chères correspondances, où les choses parlent d'une voix plus claire ou plus douce, où plus de rêves plus beaux flottent sur l'aile des nuages. Et je suis parti pour le chercher.

J'ai contemplé les paysages, j'ai visité les cathédrales, j'ai fait de longues stations, parfois dévotes, dans les musées et dans les cloîtres, j'ai suivi des rues inconnues, j'ai flâné dans des parcs très anciens, de lointaines suggestions se levaient du passé, j'évoquais des histoires oubliées, ou me berçais aux curiosités de la vie étrangère. Et comme j'entendais chanter dans mon cœur la mélodie de ta jolie romance, je me disais avec conviction : « Oui, c'est vrai, ces voyages sont délicieux ! »

Mais voici qu'un jour — c'était, je m'en souviens si bien, sous un ciel de violet et d'or, sous le ciel de l'Ombrie, dans la ville du Pérugin — j'ai senti peser sur moi le malaise des cieux étrangers. Je me suis demandé : « Qu'est-ce donc qui me manque ici ? de merveilleux horizons m'enveloppent pourtant, et je suis entouré de tant de chefs-d'œuvre, que j'en puis insatiablement réjouir mes yeux. Qu'est-ce donc qui me manque ici ? »

Et j'ai senti que c'étaient les teintes plus pâles de notre lumière, la douceur de nos ciels brouillés, nos arbres surtout, nos chers arbres aux feuillages amicaux. Et j'ai compris que la seule vraie correspondance qu'il y ait entre nous et les choses se trouve dans les lieux où nous sommes nés, où notre âme s'est ouverte en découvrant le monde dans l'obscur ravissement des sensations premières, où nos yeux ont pour la première fois cherché l'infini qui se cache derrière l'horizon.

Alors, le refrain de ta romance s'est tû. Mais en revenant sous mes vieux arbres aimés, ce sont encore des vers de toi, poète, qui chantaient dans ma mémoire et que je me répétais :

L'homme, ivre d'une ombre qui passe,
Porte toujours le châtiment
D'avoir voulu changer sa place....

EDOUARD ROD

Ch Baudelaire

ŒUVRES POSTHUMES

de

CHARLES BAUDELAIRE

inédites ou non recueillies

dans les éditions des œuvres complètes du poète.

Œuvres posthumes de Charles Baudelaire

FLEURS DU MAL :

LESBOS (1)

Mère des jeux latins et des voluptés grecques,
Lesbos, où les baisers, languissants ou joyeux,
Chauds comme les soleils, frais comme les pastèques,
Font l'ornement des nuits et des jours glorieux ;
Mère des jeux latins et des voluptés grecques !

Lesbos, où les baisers sont comme les cascades
Qui se jettent sans peur dans les gouffres sans fonds,
Et courent, sanglotant et gloussant par saccades,
Orageux et secrets, fourmillants et profonds ;
Lesbos, où les baisers sont comme les cascades !

Lesbos, où les Phrynés l'une l'autre s'attirent,
Où jamais un soupir ne resta sans écho,
A l'égal de Paphos les étoiles t'admirent,
Et Vénus à bon droit peut jalouser Sapho !
Lesbos, où les Phrynés l'une l'autre s'attirent !

Lesbos, terre des nuits chaudes et langoureuses,
Qui font qu'à leurs miroirs, stérile volupté !
Les filles aux yeux creux, de leurs corps amoureuses,
Caressent les fruits mûrs de leur nubilité ;
Lesbos, terre des nuits chaudes et langoureuses !

Laisse du vieux Platon se froncer l'œil austère ;
Tu tires ton pardon de l'excès des baisers,
Reine du doux empire, aimable et noble terre,
Et des raffinements toujours inépuisés.
Laisse du vieux Platon se froncer l'œil austère.

Tu tires ton pardon de l'éternel martyre
Infligé sans relâche aux cœurs ambitieux,
Qu'attire loin de nous le radieux sourire
Entrevu vaguement au bord des autres cieux !
Tu tires ton pardon de l'éternel martyre !

Qui des dieux osera, Lesbos, être ton juge
Et condamner ton front pâli dans les travaux,
Si ses balances d'or n'ont pesé le déluge
De larmes qu'à la mer ont versé les ruisseaux !
Qui des dieux osera, Lesbos, être ton juge ?

Que nous veulent les lois du juste et de l'injuste ?
Vierges au cœur sublime, honneur de l'Archipel,
Votre religion comme une autre est auguste,
Et l'Amour se rira de l'Enfer et du Ciel !
Que nous veulent les lois du juste et de l'injuste ?

Car Lesbos entre tous m'a choisi sur la terre
Pour chanter le secret de ses vierges en fleurs,
Et je fus dès l'enfance admis au noir mystère
Des rires effrénés mêlés aux sombres pleurs ;
Car Lesbos entre tous m'a choisi sur la terre.

Et depuis lors je veille au sommet de Leucate,
Comme une sentinelle à l'œil perçant et sûr,
Qui guette nuit et jour brick, tartane ou frégate,
Dont les formes au loin frissonnent dans l'azur ;
Et depuis lors je veille au sommet de Leucate,

Pour savoir si la mer est indulgente et bonne ;
Et parmi les sanglots dont le roc retentit,
Un soir ramènera vers Lesbos qui pardonne
Le cadavre adoré de Sapho qui partit
Pour savoir si la mer est indulgente et bonne !

De la mâle Sapho, l'amante et le poëte,
Plus belle que Vénus par ses mornes pâleurs !
— L'œil d'azur est vaincu par l'œil noir que tachète
Le cercle ténébreux tracé par les douleurs
De la mâle Sapho, l'amante et le poëte !

---

(1) Cette pièce et les cinq suivantes, condamnées en 1857 par le tribunal correctionnel, ne peuvent pas être reproduites dans le recueil des *Fleurs du Mal*, duquel elles font partie. Les *Galanteries* et les *Bouffonneries* qui suivent, jusques et y compris *Cabaret folâtre*, composent, avec les pièces condamnées, le recueil publié à Bruxelles sous un frontispice de Félicien Rops : *Les Epaves.*

— Plus belle que Vénus se dressant sur le monde !
Et versant les trésors de sa sérénité
Et le rayonnement de sa jeunesse blonde
Sur le vieil Océan de sa fille enchanté ;
Plus belle que Vénus se dressant sur le monde !

— De Sapho qui mourut le jour de son blasphème,
Quand, insultant le rite et le culte inventé,
Elle fit son beau corps la pâture suprême
D'un brutal dont l'orgueil punit l'impiété
De Sapho qui mourut le jour de son blasphème.

Et c'est depuis ce temps que Lesbos se lamente,
Et malgré les honneurs que lui rend l'univers,
S'enivre chaque nuit du cri de la tourmente
Que poussent vers les cieux ses rivages déserts !
Et c'est depuis ce temps que Lesbos se lamente !

FEMMES DAMNÉES

DELPHINE ET HIPPOLYTE

A la pâle clarté des lampes languissantes,
Sur de profonds coussins tout imprégnés d'odeur,
Hippolyte rêvait aux caresses puissantes
Qui levaient le rideau de sa jeune candeur.

Elle cherchait, d'un œil troublé par la tempête,
De sa naïveté le ciel déjà lointain,
Ainsi qu'un voyageur qui retourne la tête
Vers les horizons bleus dépassés le matin.

De ses yeux amortis les paresseuses larmes,
L'air brisé, la stupeur, la morne volupté,
Ses bras vaincus, jetés comme de vaines armes,
Tout servait, tout parait sa fragile beauté.

Etendue à ses pieds, calme et pleine de joie,
Delphine la couvait avec des yeux ardents,
Comme un animal fort qui surveille une proie,
Après l'avoir d'abord marquée avec les dents.

Beauté forte à genoux devant la beauté frêle,
Superbe, elle humait voluptueusement
Le vin de son triomphe, et s'allongeait vers elle,
Comme pour recueillir un doux remercîment.

Elle cherchait dans l'œil de sa pâle victime
Le cantique muet que chante le plaisir,
Et cette gratitude infinie et sublime
Qui sort de la paupière ainsi qu'un long soupir.

— « Hippolyte, cher cœur, que dis-tu de ces choses ?
Comprends-tu maintenant qu'il ne faut pas offrir
L'holocauste sacré de tes premières roses
Aux souffles violents qui pourraient les flétrir ?

Mes baisers sont légers comme ces éphémères
Qui caressent le soir les grands lacs transparents,
Et ceux de ton amant creuseront leurs ornières
Comme des charriots ou des socs déchirants ;

Ils passeront sur toi comme un lourd attelage
De chevaux et de bœufs aux sabots sans pitié...
Hippolyte, ô ma sœur ! tourne donc ton visage,
Toi, mon âme et mon cœur, mon tout et ma moitié,

Tourne vers moi tes yeux pleins d'azur et d'étoiles !
Pour un de ces regards charmants, baume divin,
Des plaisirs plus obscurs je lèverai les voiles,
Et je t'endormirai dans un rêve sans fin ! »

Mais Hippolyte alors, levant sa jeune tête :
— « Je ne suis point ingrate et ne me repens pas,
Ma Delphine, je souffre et je suis inquiète,
Comme après un nocturne et terrible repas.

Je sens fondre sur moi de lourdes épouvantes
Et de noirs bataillons de fantômes épars,
Qui veulent me conduire en des routes mouvantes
Qu'un horizon sanglant ferme de toutes parts.

Avons-nous donc commis une action étrange ?
Explique, si tu peux, mon trouble et mon effroi :
Je frissonne de peur quand tu me dis : « Mon ange ! »
Et cependant je sens ma bouche aller vers toi.

Ne me regarde pas ainsi, toi, ma pensée,
Toi que j'aime à jamais, ma sœur d'élection,
Quand même tu serais une embûche dressée,
Et le commencement de ma perdition ! »

Delphine secouant sa crinière tragique,
Et comme trépignant sur le trépied de fer,
L'œil fatal, répondit d'une voix despotique :
— « Qui donc devant l'amour ose parler d'enfer ?

Maudit soit à jamais le rêveur inutile
Qui voulut le premier, dans sa stupidité,
S'éprenant d'un problème insoluble et stérile,
Aux choses de l'amour mêler l'honnêteté !

Celui qui veut unir dans un accord mystique
L'ombre avec la chaleur, la nuit avec le jour,
Ne chauffera jamais son corps paralytique
A ce rouge soleil que l'on nomme l'amour !

Va, si tu veux, chercher un fiancé stupide ;
Cours offrir un cœur vierge à ses cruels baisers ;
Et, pleine de remords et d'horreur, et livide,
Tu me rapporteras tes seins stigmatisés...

On ne peut ici-bas contenter qu'un seul maître ! »
Mais l'enfant, épanchant une immense douleur,
Cria soudain : — « Je sens s'élargir dans mon être
Un abîme béant ; cet abîme est mon cœur !

Brûlant comme un volcan, profond comme le vide,
Rien ne rassasiera ce monstre gémissant,
Et ne rafraîchira la soif de l'Euménide
Qui, la torche à la main, le brûle jusqu'au sang !

Que nos rideaux fermés nous séparent du monde,
Et que la lassitude amène le repos :
Je veux m'anéantir dans ta gorge profonde,
Et trouver sur ton sein la fraîcheur des tombeaux ! »

— Descendez, descendez, lamentables victimes,
Descendez le chemin de l'enfer éternel !
Plongez au plus profond du gouffre, où tous les crimes,
Flagellés par un vent qui ne vient pas du ciel,

Bouillonnent pêle-mêle avec un bruit d'orage.
Ombres folles ! courez au but de vos désirs ;
Jamais vous ne pourrez assouvir votre rage,
Et votre châtiment naîtra de vos plaisirs.

Jamais un rayon frais n'éclaira vos cavernes ;
Par les fentes des murs des miasmes fiévreux
Filtrent en s'enflammant ainsi que des lanternes,
Et pénètrent vos corps de leurs parfums affreux.

L'âpre stérilité de votre jouissance
Altère votre soif et roidit votre peau,
Et le vent furibond de la concupiscence
Fait claquer votre chair ainsi qu'un vieux drapeau.

Loin des peuples vivants, errantes, condamnées,
A travers les déserts courez comme les loups ;
Faites votre destin, âmes désordonnées,
Et fuyez l'infini que vous portez en vous !

LE LÉTHÉ

Viens sur mon cœur, âme cruelle et sourde,
Tigre adoré, monstre aux airs indolents ;
Je veux longtemps plonger mes doigts tremblants
Dans l'épaisseur de ta crinière lourde ;

Dans tes jupons remplis de ton parfum
Ensevelir ma tête endolorie,
Et respirer, comme une fleur flétrie,
Le doux relent de mon amour défunt.

Je veux dormir ! dormir plutôt que vivre !
Dans un sommeil, aussi doux que la mort,
J'étalerai mes baisers sans remord
Sur ton beau corps poli comme le cuivre.

Pour engloutir mes sanglots apaisés
Rien ne me vaut l'abîme de ta couche ;
L'oubli puissant habite sur ta bouche,
Et le Léthé coule dans tes baisers.

A mon destin, désormais mon délice,
J'obéirai comme un prédestiné ;
Martyr docile, innocent condamné,
Dont la ferveur attise le supplice.

Je sucerai, pour noyer ma rancœur,
Le népenthès et la bonne ciguë
Aux bouts charmants de cette gorge aiguë
Qui n'a jamais emprisonné de cœur.

A CELLE QUI EST TROP GAIE

Ta tête, ton geste, ton air
Sont beaux comme un beau paysage ;
Le rire joue en ton visage
Comme un vent frais dans un ciel clair.

Le passant chagrin que tu frôles
Est ébloui par la santé
Qui jaillit comme une clarté
De tes bras et de tes épaules.

Les retentissantes couleurs
Dont tu parsèmes tes toilettes
Jettent dans l'esprit des poëtes
L'image d'un ballet de fleurs.

Ces robes folles sont l'emblème
De ton esprit bariolé :
Folle dont je suis affolé,
Je te hais autant que je t'aime !

Quelquefois dans un beau jardin
Où je traînais mon atonie,
J'ai senti, comme une ironie,
Le soleil déchirer mon sein ;

Et le printemps et la verdure
Ont tant humilié mon cœur,
Que j'ai puni sur une fleur
L'insolence de la Nature.

Ainsi je voudrais, une nuit,
Quand l'heure des voluptés sonne,
Vers les trésors de ta personne,
Comme un lâche, ramper sans bruit,

Pour châtier ta chair joyeuse,
Pour meurtrir ton sein pardonné,
Et faire à ton flanc étonné
Une blessure large et creuse,

Et, vertigineuse douceur !
A travers ces lèvres nouvelles,
Plus éclatantes et plus belles,
T'infuser mon venin, ma sœur !

LES BIJOUX

La très-chère était nue, et, connaissant mon cœur,
Elle n'avait gardé que ses bijoux sonores,
Dont le riche attirail lui donnait l'air vainqueur
Qu'ont dans leurs jours heureux les esclaves des Mores.

Quand il jette en dansant son bruit vif et moqueur,
Ce monde rayonnant de métal et de pierre
Me ravit en extase, et j'aime avec fureur
Les choses où le son se mêle à la lumière.

Elle était donc couchée et se laissait aimer,
Et du haut du divan elle souriait d'aise
A mon amour profond et doux comme la mer,
Qui vers elle montait comme vers sa falaise.

Les yeux fixés sur moi, comme un tigre dompté,
D'un air vague et rêveur elle essayait des poses,
Et la candeur unie à la lubricité
Donnait un charme neuf à ses métamorphoses.

Et son bras et sa jambe, et sa cuisse et ses reins,
Polis comme de l'huile, onduleux comme un cygne,
Passaient devant mes yeux clairvoyants et sereins ;
Et son ventre et ses seins, ces grappes de ma vigne,

S'avançaient, plus câlins que les anges du mal,
Pour troubler le repos où mon âme était mise,
Et pour la déranger du rocher de cristal
Où calme et solitaire, elle s'était assise.

Je croyais voir unis par un nouveau dessin
Les hanches de l'Antiope au buste d'un imberbe,
Tant sa taille faisait ressortir son bassin !
Sur ce teint fauve et brun le fard était superbe !

— Et la lampe s'étant résignée à mourir,
Comme le foyer seul illuminait la chambre,
Chaque fois qu'il poussait un flamboyant soupir,
Il inondait de sang cette peau couleur d'ambre !

LES MÉTAMORPHOSES DU VAMPIRE

La femme cependant, de sa bouche de fraise,
En se tordant ainsi qu'un serpent sur la braise,
Et pétrissant ses seins sur le fer de son busc,
Laissait couler ces mots tout imprégnés de musc :

— « Moi, j'ai la lèvre humide, et je sais la science
De perdre au fond d'un lit l'antique conscience ;
Je sèche tous les pleurs sur mes seins triomphants,
Et fais rire les vieux du rire des enfants.

Je remplace, pour qui me voit nue et sans voiles,
La lune, le soleil, le ciel et les étoiles !
Je suis, mon cher savant, si docte aux voluptés,
Lorsque j'étouffe un homme en mes bras redoutés,

Ou lorsque j'abandonne aux morsures mon buste,
Timide et libertine, et fragile et robuste,
Que sur ces matelas qui se pâment d'émoi,
Les anges impuissants se damneraient pour moi ! »

— *Quand elle eut de mes os sucé toute la moelle,*
Et que languissamment je me tournai vers elle
Pour lui rendre un baiser d'amour, je ne vis plus
Qu'une outre aux flancs gluants, toute pleine de pus !

Je fermai les deux yeux, dans ma froide épouvante,
Et quand je les rouvris à la clarté vivante,
A mes côtés, au lieu du mannequin puissant
Qui semblait avoir fait provision de sang,

Tremblaient confusément des débris de squelette,
Qui d'eux-mêmes rendaient le cri d'une girouette
Ou d'une enseigne, au bout d'une tringle de fer,
Que balance le vent pendant les nuits d'hiver.

ÉPAVES :

GALANTERIES

LES PROMESSES D'UN VISAGE

J'aime, ô pâle beauté, tes sourcils surbaissés,
D'où semblent couler les ténèbres ;
Tes yeux, quoique très-noirs, m'inspirent des pensers
Qui ne sont pas du tout funèbres ;

Tes yeux, qui sont d'accord avec tes noirs cheveux,
Avec ta crinière élastique,
Tes yeux, languissamment, me disent : « Si tu veux,
Amant de la muse plastique,

Suivre l'espoir qu'en toi nous avons excité
Et tous les goûts que tu professes,
Tu pourras constater notre véracité
Depuis le nombril jusqu'aux fesses.

Tu trouveras au bout de deux beaux seins bien lourds,
Deux larges médailles de bronze,
Et sous un ventre uni, doux comme du velours,
Bistré comme la peau d'un bonze,

Une riche toison qui, vraiment, est la sœur
De cette énorme chevelure
Souple et frisée, et qui t'égale en épaisseur,
Nuit sans étoiles, nuit obscure ! »

LE MONSTRE

OU

LE PARANYMPHE D'UNE NYMPHE MACABRE

Tu n'es certes pas, ma très chère,
Ce que Veuillot nomme un tendron.
Le jeu, l'amour, la bonne chère,
Bouillonnent en toi, vieux chaudron !
Tu n'es plus fraîche, ma très chère,

Ma vieille infante ! Et cependant
Tes caravanes insensées
T'ont donné ce lustre abondant
Des choses qui sont très-usées,
Mais qui séduisent cependant.

Je ne trouve pas monotone
La verdeur de tes quarante ans ;
Je préfère tes fruits, automne,
Aux fleurs banales du printemps !
Non, tu n'es jamais monotone.

Ta carcasse a des agréments
Et des grâces particulières ;
Je trouve d'étranges piments
Dans le creux de tes deux salières ;
Ta carcasse a des agréments !

Nargue des amants ridicules
Du melon et du giraumont !
Je préfère tes clavicules
A celles du roi Salomon,
Et je plains ces gens ridicules !

Tes cheveux, comme un casque bleu,
Ombragent ton front de guerrière,
Qui ne pense et rougit que peu,
Et puis se sauvent par derrière,
Comme les crins d'un casque bleu.

Tes yeux qui semblent de la boue
Où scintille quelque fanal,
Ravivés au fard de ta joue,
Lancent un éclair infernal !
Tes yeux sont noirs comme la boue !

Par sa luxure et son dédain
Ta lèvre amère nous provoque ;
Cette lèvre, c'est un Eden
Qui nous attire et qui nous choque.
Quelle luxure ! et quel dédain !

Ta jambe musculeuse et sèche
Sait gravir au haut des volcans,
Et malgré la neige et la dèche,
Danser les plus fougueux cancans.
Ta jambe est musculeuse et sèche.

Ta peau brûlante et sans douceur,
Comme celle des vieux gendarmes,
Ne connaît pas plus la sueur
Que ton œil ne connaît les larmes,
(Et pourtant elle a sa douceur !)

II

Sotte, tu t'en vas droit au diable !
Volontiers j'irais avec toi,
Si cette vitesse effroyable
Ne me causait pas quelque émoi.
Va-t-en donc, toute seule, au diable !

Mon rein, mon poumon, mon jarret
Ne me laissent plus rendre hommage
A ce seigneur, comme il faudrait :
« Hélas ! c'est vraiment bien dommage ! »
Disent mon rein et mon jarret.

Oh ! très sincèrement je souffre
De ne pas aller aux sabbats,
Pour voir, quand il pète du souffre,
Comment tu lui baises son cas !
Oh ! très-sincèrement je souffre.

Je suis diablement affligé
De ne pas être ta torchère,
Et de te demander congé,
Flambeau d'enfer ! juge, ma chère
Combien je dois être affligé,

Puisque depuis longtemps je t'aime,
Etant très-logique ! En effet,
Voulant du mal chercher la crême
Et n'aimer qu'un monstre parfait,
Vraiment oui ! vieux monstre, je t'aime !

BOUFFONNERIES

SUR LES DÉBUTS DE Mlle AMINA BOSCHETTI

AU THÉATRE DE LA MONNAIE, A BRUXELLES

1864

Amina bondit, — fuit, puis voltige et sourit ;
Le Welche dit : « Tout ça, pour moi, c'est du prâcrit ;
Je ne connais, en fait de nymphes bocagères,
Que celles de Montagne-aux-Herbes-Potagères. »

Du bout de son pied fin et de son œil qui rit,
Amina verse à flots le délire et l'esprit ;
Le Welche dit : « Fuyez, délices mensongères !
Mon épouse n'a pas ces allures légères. »

Vous ignorez, sylphide au regard triomphant,
Qui voulez enseigner la valse à l'éléphant,
Au hibou la gaîté, le rire à la cigogne,

Que sur la grâce en feu le Welche dit : « Haro ! »
Et que le doux Bacchus lui versant le bourgogne,
Le monstre répondrait : « J'aime mieux le faro ! »

A M. EUGÈNE FROMENTIN

A PROPOS D'UN IMPORTUN

QUI SE DISAIT SON AMI

Il me dit qu'il était très riche,
Mais qu'il craignait le choléra ;
— Que de son or *il était chiche,*
Mais qu'il goûtait fort l'Opéra ;

— Qu'il raffolait de la nature,
Ayant connu monsieur Corot ;
— Qu'il n'avait pas encor voiture,
Mais que cela viendrait bientôt ;

— Qu'il aimait le marbre et la brique,
Les bois noirs et les bois dorés ;
— Qu'il possédait dans sa fabrique
Trois contre-maîtres décorés ;

— Qu'il avait, sans compter le reste,
Vingt mille actions sur le Nord ;
— Qu'il avait trouvé, pour un zeste,
Des encadrements d'Oppenord ;

— Qu'il donnerait (fût-ce à Luzarches !)
Dans le bric-à-brac jusqu'au cou,
Et qu'au Marché des Patriarches
Il avait fait plus d'un bon coup ;

— Qu'il n'aimait pas beaucoup sa femme,
Ni sa mère ; — mais qu'il croyait
A l'immortalité de l'âme,
Et qu'il avait lu Niboyet !

— Qu'il penchait pour l'amour physique,
Et qu'à Rome, séjour d'ennui,
Une femme, d'ailleurs phthisique,
Etait morte d'amour pour lui.

— Pendant trois heures et demie,
Ce bavard, venu de Tournai,
M'a dégoisé toute sa vie :
J'en ai le cerveau consterné.

S'il fallait décrire ma peine,
Ce serait à n'en plus finir ;
Je me disais, domptant ma haine :
« Au moins, si je pouvais dormir ! »

Comme un homme mal à son aise,
Et qui n'ose pas s'en aller,
Je frottais de mon cul ma chaise,
Rêvant de me faire empaler.

Ce monstre se nomme Bastogne ;
Il fuyait devant le fléau.
Moi, je fuirai jusqu'en Gascogne,
Ou j'irai me jeter à l'eau,

Si dans ce Paris qu'il redoute,
Quand chacun sera retourné,
Je trouve encore sur ma route
Ce fléau, natif de Tournai !

Bruxelles 1865.

UN CABARET FOLATRE

SUR LA ROUTE DE BRUXELLES A UCCLE

Vous qui raffolez des squelettes
Et des emblêmes détestés,
Pour épicer les voluptés,
Fût-ce de simples omelettes,

Vieux Pharaon, ô Monselet !
Devant cette enseigne imprévue,
J'ai rêvé de vous : A la vue
Du cimetière, estaminet !

PIÈCES DIVERSES

I

A. M. H. Hignard. (1)

Tout à l'heure, je viens d'entendre
Dehors raisonner doucement
Un air monotone et si tendre
Qu'il bruit en moi vaguement,

Une de ces vielles plaintives,
Muses des pauvres Auvergnats,
Qui jadis aux heures oisives
Nous charmaient si souvent, hélas !

Et, son espérance détruite,
Le pauvre s'en fut tristement ;
Et moi, je pensai tout de suite
A mon ami que j'aime tant,

Qui me disait en promenade
Que pour lui c'était un plaisir
Qu'une semblable sérénade
Dans un long et morne loisir.

Nous aimions cette humble musique
Si douce à nos esprits lassés
Quand elle vient, mélancolique,
Répondre à de tristes pensers.

— Et j'ai laissé les vitres closes,
Ingrat, pour qui m'a fait ainsi
Rêver de si charmantes choses,
Et penser à mon cher Henri !

1839.

(1) Ces vers ont été écrits pendant l'hiver de 1839 au Lycée Louis-le-Grand et adressés à cette même époque par Baudelaire à M. H. Hignard qui avait été son camarade durant son passage au Lyon. Reproduits dans le *Midi Hivernal* du 17 mars 1892.

2

Hélas ! qui n'a gémi sur autrui, sur soi-même ?
Et qui n'a dit à Dieu : « Pardonnez-moi, Seigneur,
Si personne ne m'aime et si nul n'a mon cœur ?
Ils m'ont tous corrompu ; personne ne vous aime ! »

Alors lassé du monde et de ses vains discours,
Il faut lever les yeux aux voûtes sans nuages,
Et ne plus s'adresser qu'aux muettes images,
De ceux qui n'aiment rien consolantes amours.

Alors, alors il faut s'entourer de mystère,
Se fermer aux regards, et sans morgue et sans fiel,
Sans dire à nos voisins : « Je n'aime que le ciel, »
Dire à Dieu : « Consoler mon âme de la terre ! »

Tel, fermé par son prêtre, un pieux monument,
Quand sur nos sombres toits la nuit est descendue,
Quand la foule a laissé le pavé de la rue,
Se remplit de silence et de recueillement. (1)

3

N'est-ce pas qu'il est doux, maintenant que nous [sommes
Fatigués et flétris comme les autres hommes,
De chercher quelquefois à l'Orient lointain
Si nous voyons encore les rougeurs du matin,
Et, quand nous avançons dans la rude carrière
D'écouter les échos que chantent en arrière
Et les chuchotements de ces jeunes amours
Que le Seigneur a mis au début de nos jours ?

Il aimait à la voir, avec ses jupes blanches,
Courir tout au travers du feuillage et des branches,
Gauche et pleine de grâce, alors qu'elle cachait
Sa jambe, si la robe aux buissons s'accrochait... (2)

(1) Composé par Baudelaire vers 1852, ce court poème sans titre fut par lui remis à M. H. Hignard qui le cite comme se rapportant à peu près à cette date dans le *Midi Hivernal* du 24 mars 1892. Au commencement de l'année 1892, M. H. Hignard, doyen honoraire de la Faculté des Lettres de Lyon, avait fait à Cannes une conférence sur Baudelaire, son ancien camarade au Lycée de Lyon. C'est donc dans les n°s du *Midi Hivernal* des 17 et 24 mars 1892 où cette conférence fut reproduite que ces vers et ceux écrits en 1839 ont été pour la première fois imprimés.

(2) Charles Baudelaire. Œuvres posthumes et correspondances inédites précédées d'une étude biographique par Eugène Crépet. Paris Maison Quantin 1887, page XV Etude. Vers cités par M. Emile Deschanel dans le *Journal des Débats*, du 15 octobre 1864.

4

INCOMPATIBILITÉ

Sur ces monts où le vent efface tout vestige
Ces glaciers pailletés qu'allume le soleil,
Sur ces rochers altiers où guette le vertige,
Dans ce lac où le soir mire son teint vermeil,

Sous mes pieds, sur ma tête et partout le silence
Le silence qui fait qu'on voudrait se sauver.
Le silence éternel et la montagne immense
Car l'air est immobile et tout semble rêver. (1)

1837-1838.

5

Je n'ai pas pour maîtresse une lionne illustre.
La gueuse, de mon âme, emprunte tout son lustre.
Insensible aux regards de l'univers moqueur,
Sa beauté ne fleurit que dans mon triste cœur.

Pour avoir des souliers, elle a vendu son âme
Mais le bon Dieu rirait si, près de cette infâme,
Je tranchais du tartufe et singeais la hauteur
Moi qui vends ma pensée et qui veux être auteur.

Vice beaucoup plus grave, elle porte perruque ;
Tous ses beaux cheveux noirs ont fui sa blanche nuque,
Ce qui n'empêche pas les baisers amoureux
De pleuvoir sur son front plus pelé qu'un lépreux.

Elle louche et l'effet de ce regard étrange
Qu'ombragent des cils noirs plus longs que ceux d'un ange
Est tel que tous les yeux, pour qui l'on s'est damné,
Ne valent pas pour moi son œil juif et cerné.

Elle n'a que vingt ans ; la gorge déjà basse
Pend de chaque côté comme une calebasse
Et pourtant, me traînant chaque nuit sur son corps
Ainsi qu'un nouveau-né, je la tette et la mords ;

Et bien qu'elle n'ait pas souvent même une obole
Pour se frotter la chair et pour s'oindre l'épaule,
Je la lèche en silence, avec plus de ferveur
Que Madeleine en feu les deux pieds du Sauveur.

La pauvre créature, au plaisir essoufflée,
A de rauques hoquets la poitrine gonflée,
Et je devine, au bruit de son souffle brutal,
Qu'elle a souvent mordu le pain de l'hôpital.

(1) Ibid, page XVI.

Ses grands yeux inquiets, durant la nuit cruelle
Croient voir deux autres yeux au fond de la ruelle,
Car, ayant trop ouvert son cœur à tout venant
Elle a peur sans lumière et croit aux revenants.

Ce qui fait que de suif elle use plus de livres
Qu'un vieux savant couché jour et nuit sur ses livres,
Et redoute bien moins la faim et ses tourments.
Que l'apparition de ses défunts amants.

Si vous la rencontrez, bizarrement parée,
Se faufilant, au coin d'une rue égarée,
Et la tête et l'œil bas comme un pigeon blessé,
Traînant dans les ruisseaux un talon déchaussé,

Messieurs, ne crachez pas de jurons ni d'ordures
Au visage fardé de cette pauvre impure
Que déesse Famine a, par un soir d'hiver,
Contrainte à relever ses jupons en plein air.

Cette bohême-là, c'est mon tout, ma richesse,
Ma perle, mon bijou, ma reine, ma duchesse,
Celle qui m'a bercé sur son giron vainqueur,
Et qui dans ses deux mains a réchauffé mon cœur. (1)

6

EBAUCHE D'UN ÉPILOGUE

ADRESSÉ A LA VILLE DE PARIS

Tranquille comme un sage et doux comme un maudit
J'ai dit
Je t'aime, ô ma très belle, ô ma charmante...
Que de fois...
Tes débauches sans soif et tes amours sans âme
Ton goût de l'infini
Qui partout, dans le mal lui-même, se proclame,

Tes bombes, tes poignards, tes victoires, tes fêtes,
Tes faubourgs mélancoliques,
Tes hôtels garnis,
Tes jardins pleins de soupirs et d'intrigues,
Tes temples vomissant la prière en musique,
Tes désespoirs d'enfant, tes yeux de vieille folle,
Tes découragements ;
Et tes feux d'artifice, éruptions de joie,
Qui font rire le Ciel, muet et ténébreux.

Ton vice vénérable étalé dans la soie,
Et ta vertu risible, au regard malheureux,
Douce s'extasiant au luxe qu'il déploie.
Tes principes sauvés et tes lois conspuées,
Tes monuments hautains où s'accrochent les brumes,
Tes dômes de métal qu'enflamme le soleil,
Tes reines de théâtre aux voix enchanteresses,
Tes tocsins, tes canons, orchestre assourdissant,
Tes magiques pavés dressés en forteresse,

Tes petits orateurs, aux enflures baroques,
Prêchant l'amour, et puis tes égouts pleins de sang,
S'engouffrant dans l'Enfer comme des Orénoques

Tes anges, tes bouffons neufs aux vieilles défroques.
Anges revêtus d'or, de pourpre et d'hyacinthe
O vous, soyez témoins que j'ai fait mon devoir
Comme un parfait chimiste et comme une âme sainte,
Car j'ai de chaque chose extrait la quintessence,
Tu m'as donné ta boue et j'en ai fait de l'or. (1)

7

ÉPITRE A SAINTE-BEUVE

Tous imberbes alors, sur les vieux bancs de chêne,
Plus jolis et luisants que des anneaux de chaîne,
Que jour à jour la peau des hommes a fourbis
Nous traînions tristement nos ennuis, accroupis
Et voûtés sous le ciel carré des solitudes
Où l'enfant boit dix ans l'âpre lait des études ;
C'était dans ce vieux temps, mémorable et marquant,
Où, forcés d'élargir le classique carcan,
Les professeurs, encore rebelles à vos rimes,
Succombaient sous l'effort de nos folles escrimes
Et laissaient l'écolier, triomphant et mutin,
Faire à l'aise hurler Triboulet en latin. —
Qui de nous en ces temps d'adolescences pâles
N'a connu la torpeur des fatigues claustrales
— L'œil perdu dans l'azur morne d'un ciel d'été,
Ou l'éblouissement de la neige, — guetté
L'oreille avide et droite, — et bu, comme une meute,
Le bruit lointain d'un livre ou le cri d'une émeute ?

C'était surtout l'été, quand les plombs se fondaient,
Que ces grands murs noircis en tristesse abondaient,
Lorsque la canicule ou le fameux automne
Irradiaient les cieux de son feu monotone,
Et faisaient sommeiller, dans les sveltes donjons
Les tiercelets criards, effroi des blancs pigeons ;

Saison de rêverie, où la Muse s'accroche
Pendant un jour entier au battant d'une cloche ;
Où la Mélancolie, à midi, quand tout dort,
Le menton dans la main, au fond du corridor, —
L'œil plus noir et plus bleu que la Religieuse
Dont chacun sait l'histoire obscène et douloureuse,

(1) Ibid, page XXI.

(1) Ibid, page 10. Œuvres inédites.

— Traîne un pied alourdi de précoces ennuis
Et son front moite encor des longueurs de ses nuits.

— Et puis venaient les soirs malsains, les nuits fiévreuses
Qui rendent de leur corps les filles amoureuses,
Et les font aux miroirs, — stérile volupté, —
Contempler les fruits mûrs de leur nubilité, —
Les soirs italiens, de molle insouciance,
— Qui des plaisirs menteurs révèlent la science,
— Quand la sombre Vénus, du haut des balcons noirs,
Verse des flots de musc de ses frais encensoirs. —

....

Ce fut dans ce conflit de molles circonstances,
Mûri par vos sonnets, préparé par vos stances,
Qu'un soir, ayant flairé le livre et son esprit,
J'emportais sur mon cœur l'histoire d'Amaury. —
Tout abîme mystique est à deux pas du doute. —
Le breuvage infiltré lentement, goutte à goutte,
En moi, qui dès quinze ans, vers le gouffre entraîné,
Déchiffrais couramment les soupirs de René,
Et que de l'inconnu la soif bizarre altère,
— A travaillé le fond de la plus mince artère. —
J'en ai tout absorbé, les miasmes, les parfums,
Le doux chuchotement des souvenirs défunts,
Les longs enlacements des phrases symboliques,
— Chapelets murmurants de madrigaux mystiques ;
— Livre voluptueux, si jamais il en fût. —
Et depuis, soit au fond d'un asile touffu,
Soit que sous le soleil des zones différentes,
L'éternel bercement des foules enivrantes
Et l'aspect renaissant des horizons sans fin
Ramenassent ce cœur vers le songe divin, —
Soit dans les lourds loisirs d'un jour caniculaire,
Ou dans l'oisiveté frileuse de Frimaire
Sous les flots de tabac qui masque le plafond,
J'ai partout feuilleté le mystère profond
De ce livre si cher aux âmes engourdies
Que leur destin marqua des mêmes maladies
Et devant le miroir, j'ai perfectionné
L'art cruel qu'un démon, en naissant, m'a donné,
— De la douleur pour faire une volupté vraie, —
D'ensanglanter son mal et de gratter sa plaie.

Poète, est-ce une injure ou bien un compliment ?
Car je suis vis-à-vis de vous comme un amant
En face d'un fantôme, au geste plein d'amorces
Dont la main et dont l'œil ont pour pomper les forces,
Des charmes inconnus. — Tous les êtres aimés
Sont des vases de fiel qu'on boit les yeux fermés
Et le cœur transpercé, que la douleur allèche
Expire chaque jour, en bénissant sa flèche.

BAUDELAIRE-DUFAYS

17 Quai d'Anjou

(1843 F 1844 F) (1)

(1) Ibid, page 233.

8

CHANSON DU SCIEUR DE LONG (1)

Rien n'est aussi-z-aimable,
Fanfru-cancru-lon-la-lahira,
Rien n'est aussi-z-aimable
Que les scieurs de long. (bis)

Ia pas des gens plus aise
Fanfru-cancru-lon-la-lahira,
Ia pas des gens plus aise
Que les scieurs de long. (bis)

Tant qu'ils sont sur la bille,
Fanfru-cancru-lon-la-lahira,
Tant qu'ils sont sur la bille,
Sciant des cheverons (bis)

Aussi de la membrure
Fanfru-cancru-lon-la-lahira,
Aussi de la membrure
De tout échantillon. (bis)

— Le maître vient les voir,
Fanfru-cancru-lon-la-lahira,
Le maître vient les voir :
Courage, compagnons ! (bis)

V'la la Saint-Jean qu'arrive,
Fanfru-cancru-lon-la-lahira,
V'la la Saint-Jean qu'arrive
Les écus rouleront. (bis)

— Nous irons voir nos femmes,
Fanfru-cancru-lon-la-lahira,
Nous irons voir nos femmes,
Les ceux qui en auront ; (bis)

Ia plus que le p'tit Pierre,
Fanfru-cancru-lon-la-lahira,
Ia plus que le p'tit Pierre,
Mais nous le marierons. (bis)

(1) « Chanson inédite de Baudelaire, communiquée par M. Hoctès. Cette pièce était destinée au drame intitulé *l'Ivrogne* : *Le Chat noir* N° 288 du 31 Juillet 1886.

Avec la fille du maître,
Fanfru-cancru-lon-la-lahira,
Avec la fille du maître
Qui-z-est ici présent. (bis)

Nous irons à la noce
Fanfru-cancru-lon-la-lahira,
Nous irons à la noce
Comme tous les parents. (bis)

L'an d'après, sur la bille,
Fanfru-cancru-lon-la-lahira,
L'an d'après sur la bille
Joueront les p'tits enfants. (bis)

Car rien n'est si-z-aimable
Fanfru-cancru-lon-la-lahira,
Car rien n'est si-z-aimable
Que les scieurs de long. (bis)

Pour copie conforme :

A. OUROUSOF.

Marinnka, 28 Juin 1896. (1)

9

CHANSON

Combien dureront nos amours ?
Dit la pucelle au clair de lune,
L'amoureux répond : O ma brune,
Toujours ! Toujours !

Quand tout sommeille aux alentours,
Hortense se tortillant d'aise,
Dit qu'elle veut que je lui plaise
Toujours ! Toujours !

Car le plus chaste des amours
Et le souvenir de mes peines :
Bouteilles, que n'êtes-vous pleines,
Toujours ! Toujours !

(1) Le prince A. Ouroussof, de Moscou, nous a communiqué les six pièces précédentes qui manquent à l'édition définitive des œuvres complètes de Baudelaire. Nous n'avons eu qu'à compléter la pièce 3 en y ajoutant les quatre derniers vers.

Car le plus chaste des amours
Le galant le plus intrépide,
Comme un flacon s'use et se vide
Toujours ! Toujours ! (1)

10

SONNET (2)

BURLESQUE SUR LES POÈTES MEURICE ET VACQUERIE

Vacquerie
A son Py-
Lade épi
Que : « Qu'on rie

Ou qu'on crie,
Notre épi
Brave pi-
Aillerie. »

O Meuri-
Ce il mûri-
Ra momie !

Ce truc-là
Mène à l'A-
Cadémie.

11

VERS

LAISSÉS CHEZ UN AMI ABSENT (3)

Mon cher, je suis venu chez vous
Pour entendre une langue humaine.
Comme un qui parmi les Papous
Chercherait son ancienne Athène.

(1) Chanson insérée dans le *Closerie des Lilas* de Alex. Privat-d'Anglemont, Paris, in-32, 1848. V. Note : *Lundis d'un chercheur*, p. 188.

(2) Ce sonnet cité par Job Lazare dans une étude sur Glatigny a paru dans la *Petite Revue* du 24 juin 1865. C'est la parodie du fameux sonnet de A. Vacquerie à Paul Garnier paru dans *Demi-Teintes*.

La Silhouette du 1er juin 1845 a aussi reproduit ce sonnet, intercalé dans la lettre suivante : « Vous n'êtes pas « Monsieur, sans ignorer que le théâtre de l'Odéon est en « pleine démolition. Un antiquaire de nos amis qui a la « manie de chercher proie jusque dans les endroits les « plus secrets et les moins praticables est parvenu à ar- « racher cette curieuse pièce à la fureur des maçons achar- « nés sur le monument cadavre.

« P. S. — Nous espérons que vous voudrez bien, Mon- « sieur, dans l'intérêt du jeune auteur des *Demi-Teintes* « en particulier et de la littérature académique en général, « donner connaissance de ce fragment aux nombreux « abonnés de votre spirituelle feuille.

ANTONIN PINGOUIN. »

Reproduit ensuite dans le *Nouveau Parnasse satirique du XIXme Siècle*. Eleutheropolis (Bruxelles) 1866, in-18.

(3) Poésie recueillie par *la Petite Revue* du 29 avril 1865, p. 158, indiquée dans *la Bibliographie de Charles Baudelaire*, de A. de La Fizelière et Georges Decaux, sous le n° 107, et reproduite dans le *Charles Baudelaire* de Pincebourde, appendice, p. 189.

Puisque chez les Topinamboux
Dieu me fait faire quarantaine,
Aux sots je préfère les fous
Dont je suis, chose, hélas ! certaine.

12

SONNET

POUR S'EXCUSER DE NE PAS ACCOMPAGNER UN AMI A NAMUR (1)

Puisque vous allez vers la ville
Qui, bien qu'un fort mur l'encastrât,
Défraya la verve servile
Du fameux poète castrat ;

Puisque vous allez en vacances
Goûter un plaisir recherché,
Usez toutes vos éloquences,
Mon bien cher Coco-Malperché, (2)

(Comme je le ferais moi-même)
A dire là-bas combien j'aime
Ce tant folâtre monsieur Rops,

Qui n'est pas un grand prix de Rome,
Mais dont le talent est haut comme
La pyramide de Chéops !

13

SAPHO

Extrait de : Charles Baudelaire, par A. de la Fizelière et Georges Decaux :

4. SAPHO, tragédie attribuée à Arsène Houssaye pour Rachel.

Mystification littéraire, organisée par Aug. Vitu. Un faux-théâtre de l'*Epoque* lance la nouvelle. *L'Entr'acte* la reproduit, et le *Corsaire-Satan* du 25 novembre 1845 donne un fragment de cette tragédie composée en commun par Baudelaire, Banville, P. Dupont et Vitu.

Fragments Littéraires

« Voici quelques vers de cette œuvre remarquable où rayonnent l'éclat et la vigueur de l'école moderne, unis aux grâces coquettes et charmantes de Marivaux et de Crebillon fils. Ils sont détachés d'une scène d'amour entre Phaon et la célèbre Lesbienne :

Oui, Phaon, je vous aime ; et lorsque je vous vois,
Je perds le sentiment et la force et la voix,
Je souffre tout le jour le mal de votre absence,
Mal qui n'égale pas l'heur de votre présence ;
Si bien que vous trouvant, quand vous venez le soir,
La cause de ma joie et de mon désespoir,
Mon âme les compense, et sous les lauriers roses
Etouffe l'ellébore et les soucis moroses...

« Maintenant Phaon, le timide pastour, s'épouvante de cette passion qu'il est pourtant tout prêt à partager :

Cette belle a, parmi les genêts près d'éclore,
Respiré les ardeurs de notre tiède aurore.
En chatouillant l'orgueil d'un berger tel que moi,
Son amour n'est pas sans me donner de l'effroi...

« A part la césure peut-être trop romantique de ce dernier alexandrin, on ne peut méconnaître une grande fermeté de touche et une sobriété de forme qui rappellent heureusement la facture de *Lucrèce*. Mais continue Phaon :

Comme de ses chansons chaudement amoureuses
Emane un fort parfum de riches tubéreuses,
Je redoute — moi dont le cœur est neuf encor,
De ne la pouvoir suivre en son sublime essor :
Je baisse pavillon, pauvre âme adolescente,
Au feu de cette amour terrible et menaçante.

« Maintenant c'est au tour de Sapho d'exprimer, en traits éloquents, ses doutes et ses alarmes :

Pour aimer les bergers, faut-il être bergère ?
Pour avoir respiré la perfide atmosphère
De tes tristes cités, corruptive Lesbos,
Faut-il donc renoncer aux faveurs d'Anteros ?
Et suis-je désormais une conquête indigne
De ce jeune berger, doux et blanc comme un cygne ?

« L'auteur nous pardonnera sans doute ces courtes citations, qui ne peuvent nuire à l'intérêt qu'inspirera son œuvre et qui sont assez piquantes pour attirer vers elles l'attention et la faveur publiques. »

(1) Voir la note sous les « vers laissés chez un ami absent. »
(2) Poulet-Malassis.

AMŒNITATES BELGICÆ : (1)

14

VENUS BELGA (2)

EN FAISANT L'ASCENSION DE LA RUE MONTAGNE DE LA COUR, A BRUXELLES

Ces mollets sur ces pieds montés,
Qui vont sous ces cottes peu blanches,
Ressemblent à des troncs plantés
Dans des planches

Les seins des moindres femmelettes
Ici pèsent plusieurs quintaux,
Et leurs membres sont des poteaux
Qui donnent le goût des squelettes

Il ne me suffit pas qu'un sein soit gros et doux ;
Il le faut un peu ferme — ou je tourne casaque,
Car s.... n.. d. D... ! je ne suis pas Cosaque,
Pour me soûler avec du suif et du saindoux !

15

OPINION

DE M. HETZEL SUR LE FARO

— « *Buvez-vous du faro ?* » *dis-je à M. Hetzel ;*
Je vis un peu d'effroi sur sa mine barbue ;
— « *Non jamais ! Le faro (je dis cela sans fiel)*
C'est de la bière déjà bue. »

16

LES BELGES ET LA LUNE

On n'a jamais connu de race si baroque
Que ces Belges ! Devant le joli, le charmant,
Ils roulent de gros yeux et grognent sourdement ;
Tout ce qui réjouit nos cœurs mortels les choque.

Dites un mot plaisant, et leur œil devient gris
Et terne, comme l'œil d'un poisson qu'on fait frire ;
Une histoire touchante, ils éclatent de rire,
Pour faire voir qu'ils ont parfaitement compris.

Comme l'esprit ils ont en horreur les lumières.
Parfois, sous la clarté calme du firmament,
J'en ai vu qui, rongés d'un bizarre tourment,

Dans l'horreur de la fange et du vomissement,
Et gorgés jusqu'aux dents de genièvre et de bière,
Aboyaient à la lune, assis sur leur derrière !

17

LETTRE à POULET-MALASSIS

(*) Monsieur Auguste Malassis
Rue de *Mercèlis*
Numéro *trente cinq* bis
Dans le faubourg d'*Ixelles*
Bruxelles.
(Recommandé à l'Arioste
De la poste,
C'est-à-dire à quelque facteur
Versificateur.)

5 heures, à l'Hermitage.

Mon cher, je suis venu chez vous
Pour entendre une langue humaine ;
Comme un, qui, parmi les Papous,
Chercherait son ancienne Athène.

Puisque chez les Topinambous
Dieu me fait faire quarantaine,
Aux sots je préfère les fous
Dont je suis, chose, hélas ! certaine.

Offrez à Mam'selle Fanny,
(Qui ne répondra pas : nenny,
Le salut n'étant pas d'un âne,)
L'hommage d'un bon écrivain,
Ainsi qu'à l'ami Lécrivain
Et qu'à Mam'selle Jeanne.

C. B.

(Voir aussi la pièce citée plus haut par Louis Ménard.

(1) Voir à propos des *Amœnitates Belgicæ*, Pincebourde p. 184, 185 et 191, Le Fizelière et Decaux n° 119, p. 62, Crépet p. CIII note. VSpoelberch de Lovenjoul: *Lundis d'un chercheur*, p. 288, en note.

(2) Cette pièce a déjà été réimprimée dans *le Nouveau Parnasse satyrique du XIX siècle* Bruxelles 1866 (note de Pincebourde, à l'appendice de sa brochure sur Charles Baudelaire)

(*) Adresse, sur l'enveloppe. Nous reproduisons cette lettre telle que le possesseur de l'original nous la communique (M. Deman.) Elle complète ainsi les deux strophes de la pièce 11.

NOTES POUR UNE ICONOGRAPHIE

du poète

CHARLES BAUDELAIRE

I. — Baudelaire-Collégien, en buste, presque de face. *Photographie,* sans indication d'origine ; de format ovale en hauteur. (h. 52, l. 40 mill.) — Le poète a 12 ou 13 ans. Les cheveux, demi-longs, laissent bien dégagé le front très vaste. De grands yeux ; les lèvres bien arquées et petites, d'un beau relief ; le menton arrondi. Développement caractéristique de la partie supérieure de la face. Le collet de la tunique couvre le cou, jusqu'au menton. Physionomie d'un grand charme, déjà, peut-être, vieille un peu.

II. — Portrait photographié (H. 20 cent. ; L. 15 cent.) (pas d'indication d'origine).

Le poète est assis, vu de face (le corps légèrement à gauche), revêtu d'un épais paletot boutonné jusqu'au col, la main gauche en poche ; la droite, nerveuse et marquée de fortes veines tient un cigare à demi fumé, la manche de chemise apparaissant. — C'est un Baudelaire intime des derniers jours, superbe, au front puissant et dévasté, cheveux rejetés mi-flottants sur le cou. Le regard est cruel et fouilleur ; les lèvres amères, coupées en blessure de sabre, qu'encadre le double sillon durement creusé de rides profondes. — Photographie d'amateur, d'un grand caractère, portant au bas la dédicace *autographe :* « A mon ami A. Poulet-Malassis, Charles Baudelaire ».

III. — Portrait dessiné par Charles Baudelaire, vers 1864-1865. Plume et crayon rouge. Non gravé. (Surf. couv. : H. 17 ; L. 10 cent.)

Le poète s'est représenté en buste, de trois quarts à droite ; la tête un peu inclinée est seule poussée. Exécution violente et brutale, à gros traits d'encre de Chine et de crayon rouge, sur un fond lavé en noir.

La bouche tombe, marquée d'un trait violent en courbe noire avivée de carmin ; les yeux, allumés de tons pourpres semblent hallucinés ; le front est dénudé ; les pommettes des joues saillent vivement. Curieux effet de clair-obscur.

IV. — Portrait dessiné par Charles Baudelaire. Dessin à la plume, rehaussé de crayon rouge. (Surf. couv. : H. 100 ; L. 63 mill.)

Présentation à peu près analogue à celle du portrait décrit plus haut, mais les dimensions et l'exécution très différentes. Le dessinateur a procédé par hachures vigoureuses, relevées de quelques gros traits à l'encre de Chine pour les cheveux et le col. Aux lèvres, sous les yeux, et à la cravate, rehauts violents en rouge ; le front est très bombé, avec mèche retombant vers le milieu, et la partie gauche se détache en tonalité fort claire ; l'œil est impérieux et interrogateur ; le visage osseux. Au bas, sur un petit cartel de papier, la mention suivante, de la main de Baudelaire :

« Celui-là, *fait de chic,* mais bon pour la grimace. Puis la pose est bonne. Toujours trop de hachures. Obtenir l'effet avec très peu de hachures bien placées. »

V. — Portrait dessiné par Ch. Baudelaire. Plume et crayon rouge. (Surf. couv. : H. 225, L. 150 mill.) non gravé.

L'expression se rapproche de celle du portrait précédent, mais ici les dimensions sont beaucoup plus étendues ; la tête n'est plus inclinée ; le dessus du nez est très aquilin au centre et relevé sur le bout. Exécution plus patiente et plus soignée. En marge de droite et au dessous, la note suivante de la main de Baudelaire :

« Tout le bas du visage, mauvais. Pas assez d'ampleur. Le menton pas assez galoché. Trop de hachures. D'ailleurs la bouche est mauvaise ; avec quelques hachures distribuées sobrement, on fait le modelé. Ceci ne doit donc être regardé que pour la pose et l'effet lumineux. »

VI. — Portrait dessiné par Ch. Baudelaire. (H. 165 ; L. 130 mill.) Fac-simile héliogravé par A.

Bouvenne du portrait de Baudelaire par lui-même, qui était placé en tête d'un exemplaire du « Charles Baudelaire, Souvenirs, Correspondance... » appartenant à Poulet-Malassis. Au bas, reproduction d'une note de 2 lignes écrite par Baudelaire. L'expression est presque identique à celle du portrait décrit ci-dessus (III). Baudelaire se présente de trois quarts, à droite ; il regarde du coin de l'œil ; lèvres pincées ; ce n'est qu'une tête, très belle, au-dessus d'un collet et d'un gros nœud de cravate. Tiré à 10 exemplaires.

VII. — Portrait photographié. (Haut. 240 ; Larg. 175 mill.) Photographie d'amateur, ratée... et superbe. Le poète a 34 ou 35 ans. Il est représenté à mi-corps, tourné de trois quarts vers la droite, en redingote boutonnée haut, main gauche dans la poche. La figure se détache puissante, fort éclairée sur la grande moitié. Elle est splendide d'énergie, de révolte et d'amertume ; l'œil se marque cruellement en noir, la bouche est acerbe et méchante, les cheveux un peu ondulés rejetés vigoureusement en arrrière, le front énorme. C'est une émouvante évocation de misère et de génie !

VIII. — Portrait-médaillon peint a l'huile, sur toile, par *Alexandre Lafond.* (Diam. 35 cent.)

Ce portrait, qui figurait en 1861-1863 dans les magasins du libraire Poulet-Malassis, était le seul des portraits du poète que l'éditeur possédât encore lorsqu'il mourut. *L'intermédiaire des Chercheurs et Curieux* (nº 448, 10 janvier 1887) lui a consacré une note assez brève, de simple renseignement.

C'est la tête de Baudelaire à quarante ans. Figure puissante, fortement creusée aux lèvres et sous les yeux ; le menton glabre, les joues légèrement colorées, le front dégarni, les cheveux longs et ondulés, repoussés en arrière. La face terrifiante est à la fois d'un comédien tragique et d'un prêtre des messes noires. — L'expression hautaine s'augmente de la retombée des lèvres sur les côtés, en plis aigus, et du regard largement ouvert, ironique et scrutateur.

La tête, de grandeur presque nature, se détache sur un fond verdâtre qui en accentue l'impressionnante tristesse. — Ce portrait n'a jamais été reproduit.

EDMOND DEMAN.

N. B. — La plupart des pièces sommairement décrites ci-dessus font partie d'un album qui provient de Poulet-Malassis et renferme divers autres documents précieux de la main de Baudelaire, notamment plusieurs caricatures et portraits de sa maîtresse Jeanne Duval, différents croquis et boutades et une curieuse lettre en vers à Poulet-Malassis, que nous avons reproduite en son entier plus haut. Cette lettre, datée du 14 février 1866, est une des dernières de Baudelaire : trois semaines plus tard le poète était frappé de la première attaque d'aphasie qui devait le conduire si rapidement à l'hémiplégie et à la paralysie finales.

IX. — Portrait, peint par Emile de Roy en 1844. (Je donne l'orthographe du peintre d'après la gravure de B. (Bracquemond). Le vrai nom est Deroy.) Le poète porte barbe et moustaches : une jeune barbe taillée en pointe et de soyeuses moustaches frustes. Sa chevelure noire, ample et onduleuse encadre un front très vaste. Il appuie la tempe contre l'index de la main gauche. La droite repose sur un livre. Il est vêtu de la redingote ajustée des héros de Balzac. L'expression est réfléchie, nuancée de satanisme romantique.

C'est de ce portrait que Théodore de Banville, dans les *Nouveaux Camées parisiens,* a écrit : « un portrait peint par Emile *Deroy* et qui est un des rares chefs-d'œuvre trouvés par la peinture moderne, nous montre Charles Baudelaire *à vingt ans,* au moment où riche, heureux, aimé, déjà célèbre, il écrivait ses premiers vers, acclamé par le Paris qui commande à tout le reste du monde ! O rare exemple d'un visage réellement divin, réunissant toutes les chances, toutes les forces et les séductions les plus irrésistibles ! Le sourcil est pur, allongé, d'un grand arc adouci... l'œil long, noir, profond... le nez gracieux, ironique... le bout un peu arrondi et projeté en avant... La bouche est arquée et affinée déjà par l'esprit, pourprée et d'une belle chair... Le menton arrondi, d'un relief hautain... Le visage est d'une pâleur chaude, brune, sous laquelle apparaissent les tons roses d'un sang riche et beau... une barbe enfantine, idéale, de jeune dieu... Le front haut, large, magnifiquement dessiné, s'orne d'une noire, épaisse et charmante chevelure naturellement ondée et bouclée... »

Ce même portrait est dépeint par Asselineau *(Charles Baudelaire)* « Deroy... mort jeune avant 1848... fils d'Isidore Deroy, lithographe... Ce portrait nous rend un Baudelaire... barbu, ultra-fashionable et voué à l'habit noir. La figure peinte en pleine pâte s'enlève partie sur un fond clair, partie sur une draperie d'un rouge sombre. La physionomie est inquiète ou plutôt inquiétante ; les yeux sont grand ouverts, les prunelles directes, les lèvres exsufflent, la bouche va parler, une barbe vierge, drue et fine frisotte à l'entour du menton et des joues. La chevelure très épaisse, fait touffe sur les tempes ; habit noir, cravate blanche, manchettes de mousseline plissée... »

Baudelaire, dans *la Fanfarlo,* a tracé un portrait de Samuel Cramer qui paraît être le sien propre : « le front pur et noble, les yeux brillants comme des gouttes de café, le nez taquin et railleur, les lèvres impudentes et sensuelles, la chevelure prétentieusement raphaëlesque... en forêt vierge... »

Je ne connais le portrait de Deroy que d'après la gravure de B. (Bracquemond) en tête du livre de Charles Asselineau : *Charles Baudelaire.* Paris. Alphonse Lemerre 1869 (assez rare !) Une excellente lithographie d'un format beaucoup plus grand se trouve dans l'édition illustrée consacrée par le *Figaro* aux chefs-d'œuvre de la lithographie française. C'est là que le portrait lithographié de Baudelaire, reproduit par la zincographie, est une vraie merveille de dessin et de relief.

Ce portrait fut donné par Baudelaire à Asselineau qui le transmit à son héritier M. Joseph Gardet. Aujourd'hui il est dans la famille du Dr Piogey.

(Note du prince Alexandre Ourousof, complétée par le graveur Bracquemond.)

« ...Le portrait peint par Deroy — mort à l'hôpital trois ans après — fut exécuté en quatre séances, *à la lampe*, à l'hôtel Pimodan, où on se rendait après avoir dîné chez le père Cousinet, au restaurant alors fameux de la *Tour d'Argent*. L'excellent Cousinet était mieux que notre restaurateur, souvent notre banquier... Assistants ou de passage à ces séances : l'inséparable de Deroy, Fauré, comme lui nourri de la moëlle de Delacroix, Arondet, locataire du 1er étage, Banville, Songeon (mort président du Conseil municipal et sénateur, dans le fauteuil de Hugo.)

(*Lettre de* NADAR *à* LÉON DESCHAMPS)

X. — PORTRAIT PEINT PAR COURBET, 1848. (Asselineau p. 54) gravé par BRACQUEMOND.

Le poète est représenté assis, lisant un gros bouquin, la pipe à la bouche. La chevelure dessine bien les pointes du *casque sarrasin* dont parle Théophile Gautier dans sa notice, si souvent citée. La gravure est insignifiante — une simple vignette.

Etude ayant dû servir pour le tableau intitulé : *l'âtelier de Courbet*.

Cette étude est aujourd'hui au Musée Fabre (ex Bruyas) à Montpellier.

(Note Ourousof complétée par Bracquemond).

D'autre part, le poète *Paul Redonnel* nous donne la note suivante sur le Baudelaire de Montpellier :

« Baudelaire est vu de profil, du côté droit. Il est assis sur des coussins rouges et il tient de la main gauche un livre, rouge sur tranches, qu'il appuie sur une table de chêne, très simple de goût.

Sur cette table divers objets : un petit encrier en verre, de forme cubique régulière, d'où s'érige une plume d'oie ; un registre vert et des carnets. Le poète fume une pipe, bien culottée, du fourneau de laquelle s'échappe de la fumée.

Il est dans la fleur de la jeunesse. Sa lèvre est mince et finement mordante, son nez caractéristique n'est point pour démentir l'expression de sa lèvre et la malice de son regard.

Les cheveux sont coupés ras et des reflets de lumière blanche y jouent.

Baudelaire est vêtu de son costume marron qu'il affectionnait. Il est cravaté d'une superbe et large cravate de soie d'un jaune d'or éclatant, sur laquelle se rabat le col de la chemise qui est bleue. Courbet a fait ce portrait à l'époque où la première édition des *Fleurs du Mal* passait de mains en mains dans le quartier Latin. La peinture est du reste très sobre de détails et en ce moment-là était beaucoup prisée de Baudelaire qui, depuis.... détesta « Courbet et son œuvre. »

M. Bracquemond nous a dit avoir gravé le portrait encarté dans le livre d'Asselineau, d'après une copie par Legros du tableau de Courbet conforme, d'ailleurs, à la description qu'en donne M. *Paul Redonnel*.

XI. — PORTRAIT PEINT ET GRAVÉ PAR MANET en 1862. (Asselineau, p. 78).

En profil, coiffé d'un haut-de-forme ; imberbe, cheveux longs.

Ce portrait est un croquis au trait, sans ombre, sans relief. Simple renseignement documentaire mais charmant. C'est le calque du portrait peint par Manet dans son tableau : *La Musique aux Tuileries*. Dans ce tableau Baudelaire parle avec Th. Gautier.

(Note Ourousof complétée par Bracquemond).

XII. — PORTRAIT PEINT ET GRAVÉ PAR EDOUARD MANET en 1865 (Asselineau, page 98). Celui-là est très beau, d'une magnifique facture. Le visage glabre, aux longs cheveux, est violemment éclairé du côté droit et s'enlève sur un fond noir. La chevelure est soignée, la toilette, correcte et sobre ; l'aspect est celui d'un poète docte et d'un visionnaire savant. Peut-être ces yeux aux pupilles noires et comme dilatées recèlent-ils la vague inquiétude de la dèche, l'horreur du coup de sonnette qui annonce le créancier ou l'homme au papier timbré.

(Note Ourousof).

XIII. — PORTRAIT DESSINÉ PAR CHARLES BAUDELAIRE EN 1848, GRAVÉ PAR BRACQUEMOND (Asselineau *Charles Baudelaire* p. 28). En trois-quart, les joues rasées, les cheveux tondus ras, mince moustache et mouche au menton. La pupille de l'œil est très noire, l'aspect est déjà celui que les Goncourt noteront plus tard : la tête du condamné à mort. Il y a dans cette physionomie comme un reflet de l'ivresse révolutionnaire de 1848, ivresse, que le poète partagea sans s'inféoder à aucun parti. « Le poète, a-t-il écrit dans *Mon Cœur mis à nu*, n'est d'aucun parti, autrement il serait un homme comme les autres. »

Le dessin n'est qu'un croquis mais qui dénote une certaine habileté, comme tous ceux, fort nombreux, du reste, que le poète a laissés.

(Note Ourousof, revue par le graveur Bracquemond).

XIV. — SUITE DE PORTRAITS DESSINÉS PAR CH. BAUDELAIRE. (Voir au frontispice de ce volume une page en fac-similé, inédite, que nous devons à l'extrême amabilité de Nadar, ami intime du poète.)

XV. — PORTRAIT DESSINÉ PAR ALCIDE SAUVAIRE, d'après une photographie de Nadar, publié par *La Plume* en 1890 et reproduit dans le présent volume, page 104.

XVI. — PORTRAIT DESSINÉ PAR PAUL VERLAINE. Verlaine a dessiné un portrait du poète des *Fleurs du Mal*, simple croquis, qui a tout l'intérêt d'un document rare, en ce sens qu'il donne « l'image que l'auteur de *Sagesse* avait dans l'esprit de la personne physique de Baudelaire. »

Ce croquis appartient au poète Yvanhoé Rambosson, qui le reçut en don de Verlaine.

XVII. — CARICATURES PAR BÉGUIN. Deux grandes caricatures de Baudelaire parues dans le *Panthéon Nadar* et bâclées d'un coup de crayon, vers 1851.

D'un sentiment plus profond, plus intime, comme ressemblance et caractère que n'importe quelle photographie.

Les deux originaux sont entre les mains de M. Nadar qui nous les a signalés.

XVIII. — PHOTOGRAPHIE de la maison Goupil et Cie faite pour être placée dans la GALERIE CONTEMPORAINE de Baschet. Haut. 23×18. Baudelaire vu jusqu'à mi-corps avec un vêtement flasque et flottant, un col de chemise non empesé, une cravate de couleur, unie nouée mollement. Figure rasée, cheveux se faisant rares et courts, ramenés sur le front. Aspect maladif et pauvre. Très belle photographie.

(Pièce communiquée par M. Albert Catel).

Le Catalogue Grosjean Maupin, à Nancy, (no 51, fév.-mars 1896) contient, sous le no 8290 l'indication suivante : « Album de la galerie contemporaine, Biographies et Portraits, Paris, s. d. in-4o, carton-toile angl. gris-perle avec fers spéciaux dorés sur fond teinté (62).. 10 fr.

Très bel album monté sur onglets, renfermant outre les notices avec fac-similé d'autographes, les portraits photographies de : A. Houssaye, Th. de Banville, Chanzy, F. Fabre, CH. BAUDELAIRE, H. Monnier, Gondinet, E. Legouvé, L. Blanc, O. Feuillet, Denfert-Rochereau, Spuller.

(Note de M. Louis de St-Jacques)

XIX. — PORTRAIT DESSINÉ PAR MORIN. Le volume de Champfleury, *Les Chats* (1869) contient la reproduction d'un dessin de Morin représentant le poète Baudelaire, les bras croisés, appuyé sur l'accotoir d'une fenêtre. Grâce à la draperie sombre du fond, la tête pâle se détache fière, sévère, hautaine. Le visage glabre connu ; le front haut et large ; les cheveux blancs, rejetés en arrière, cachant à demi les oreilles ; les sourcils bien arqués et légèrement froncés ; l'œil noir grand ouvert est vif, fouilleur ; le nez est fort, le bout arrondi ; la bouche est amèrement close ; la lèvre inférieure avance légèrement ; le menton est rond, — l'ensemble du visage est amaigri, osseux — le poète est en paletot croisé, ample, à col de velours, — un chat sur son épaule gauche arque le dos et se caresse aux longs cheveux du poète en ronronnant — probablement ! —

(Communiqué par M. Edmond Goor, de Valenciennes).

XX. — PORTRAIT EN PHOTOTYPIE, 11 cent. × 7 1/2 avec fac-similé : *Ridentem ferient ruinae. à Mon Ami Auguste Malassis, le seul être dont le rire ait allègé ma tristesse en Belgique.* C. B.

Ce magnifique portrait orne le volume des *Œuvres posthumes et Correspondances inédites*, éditées par Eugène Crépet, Paris-Quantin, 1887.

Les cheveux bouclés ont blanchi, le paletot et l'habit à col de velours paraissent râpés. Le visage a une expression sublime d'enthousiasme défiant le sort. Un reflet de l'Immortalité qui s'avance luit dans l'œil du voyant.

Ce portrait doit être de 1864-1865. C'est le plus beau que je connaisse. Loin de l'enlaidir, l'âge a idéalisé le masque du poète, en y gravant sa destinée amère et son avenir lumineux, sa fougue sensuelle et ses aspirations à la Beauté divine. C'est plus qu'un portrait : c'est le symbole du poète. Et la photographie a fixé ici ce que l'Art même n'a pu exprimer avec autant de vérité et de profondeur.

(Note Ourousof)

XXI. — PORTRAIT EN PHOTOTYPIE : Charles Baudelaire en 1861, en tête de l'étude de *Et. Charavay : C. Baudelaire et Alf. de Vigny candidats à l'Académie.* Paris, Charavay frères, 1879. Les cheveux sont longs et bouclés, grisonnants. Le visage est glabre. Le pli énergique de la bouche décèle une volonté et une puissance terribles. L'œil est tout illuminé des visions splendides du poète.

(Note Ourousof)

XXII. — PORTRAIT DESSINÉ PAR FÉLIX RÉGAMEY.

« ...Laissez-moi vous signaler le portrait que j'ai fait du poète vers 1866, sur un feuillet d'album, au café de Bade.

Il est assis, écrivant à une table de marbre ; la tête penchée, rappelle comme développement de crâne, mon Verlaine, frontispice de « Verlaine dessinateur » paru récemment chez Floury.

En ce temps-là « faire peur aux femmes » était pour Baudelaire un passe-temps favori. Il ne dédaignait pas non plus de mystifier les gens. A Jules Vallès qu'on lui présente, ses premiers mots sont :

— « Monsieur, quand j'avais la gale... » interrompus par Jules qui ne se laissait pas démonter facilement : « Vous êtes guéri ? »

Le portrait en question a été joint jadis à un exemplaire des *Fleurs du Mal* appartenant à M. Thibeaudon, amateur d'art de Londres.

XXIII. — PHOTOGRAPHIE CARJAT, faite peu de temps avant la mort de Baudelaire. Cette tête avec son front d'une ampleur presque anormale est atterrante par son aspect amaigri et son air accablé. On assiste presque à l'effondrement de cette splendide intelligence. Les épreuves mises dans le commerce portent : CH. BAUDELAIRE, *né à Paris en 1821, mort en 1867.*

(Communiqué par M. Maurice Bazalgette)

XXIV. — DESSIN ET GRAVURE DE BRACQUEMOND.

Voici la description du portrait composé et gravé par Bracquemond et placé comme frontispice à la 2e édition des *Fleurs du Mal* : hauteur : 0.10, largeur : 0.07 ; Baudelaire est présenté en buste, de trois quarts, vu du côté droit, la tête légèrement inclinée ; le cuivre est signé : *Bracquemond*, au bas, à gauche. Tête mélancolique et douce, cheveux rejetés en arrière et légèrement bouclés. Cette eau-forte a été gravée à l'hôtel de Dieppe, rue d'Amsterdam.

(Note fournie par M. Bracquemond).

XXV. — Gravure de Félicien Rops.

(Voir le petit médaillon, dans le haut du frontispice qui orne les *Epaves* et se trouve reproduit dans le *Tombeau de Baudelaire*.)

XXVI. — Lithographie de Célestin Nanteuil.

Charles Asselineau, dans son *Appendice à la Bibliographie Romantique* (Paris, P. Rouquette, 1864, in-16 jésus) signale p. 112, au n° 503 un portrait de Baudelaire lithographié (?) par Nanteuil, mais que nous n'avons pu nous procurer.

XXVII. — Gravure de A. Nargeot.

Portrait gravé par A. Nargeot, sans date, en tête de l'édition dite définitive de Michel Lévy frères. Le type parait assez jeune. Les cheveux sont taillés court et ondulent sur les tempes sans cacher l'oreille. Le poète est en blouse ou en paletot ample avec col de velours noir et cravate à gros nœud. Tout le monde connaît ce portrait, avec son aspect ecclésiastique et son sourire amer.

(Note Ourousof).

XXVIII. — peinture de Fantin-Latour.

Apothéose de Delacroix, tableau où figurent : Baudelaire, Gautier, etc. Ce tableau a été exposé au Musée du Luxembourg, nous dit l'illustre graveur Bracquemond.

XXIX. — Dessin et gravure de Ladislas Loewy.

Portrait composé et gravé à la pointe-sèche par Ladislas Loëwy en 1887 ; haut. 10 centimètres sur 7 de large. non signé. Le poète vu en buste et presque de face, cheveux en arrière, col rabattu avec large cravatte nouée. Edité par Joly, quai St-Michel.

XXX. — Portrait photographié à nous communiqué par Nadar.

Baudelaire est assis dans un fauteuil Louis xiii, le buste rejeté en arrière, appuyé au dossier, dans l'attitude d'un convalescent. La joue s'appuie à la main gauche, ouverte ; la droite est posée sur le genou et tient un gant blanc. Figure méditative. Date : 1855 ; dimensions : 0.21 sur 0.16.

XXXI. Portrait photographié communiqué par Nadar.

Le poète est debout, la main gauche dans la poche de son pantalon et la droite passée dans la poitrine sous l'ample pardessus. Figure imberbe, cheveux en coup de vent, expression volontaire et triste. Dimension : 0.25 sur 0.19.

XXXII. — Portrait photographié (Nadar : Même pose qu'au n° XXXI, mais le poète vu de trois quart est en redingote noire, ouverte, laissant voir les 4 boutons de son gilet, en haut, non attachés, pour faire place à la main droite plongeant dans la poitrine. (0.09 sur 0.06.)

XXXIII. Portrait photographié (Nadar) : Fait le même jour que le précédent, mêmes dimensions, avec même costume. Le gilet est toujours déboutonné, mais Baudelaire cache ses mains dans les poches de son pantalon. Vu de face, il paraît plus souffrant et plus triste qu'à la précédente épreuve.

XXXIV. — Portrait - caricature dessiné par Nadar, représentant Baudelaire, tout en tête, arrêté, la narine ouverte aux pestilences d'une charogne étendue à ses pieds, l'œil inquiet quant aux suites de cette prise ! Comme fond des plantes vénéneuses avec cette devise : *Fleurs du Mal.*

XXXV. – Portrait-charge par Daumier (?) signalé par Octave Uzanne qui croît l'avoir vu dans la collection du *Charivari* avec ce titre : *Les Nuits de Monsieur Baudelaire.*

XXXVI. — Portrait gravé sur bois par Félix Valloton et paru dans la revue d'Octave Uzanne « L'Art et l'Idée ». Tiré en noir violent ; tête seulement, vue de face. Expression d'amertume.

XXXVII. — Portrait gravé a l'eau-forte par Guérard. Se vend à part, en épreuves de luxe. Vu de trois quart, face glabre ; tête d'habitué des bagnes. Très belle pièce.

XXXVIII. — Portrait gravé par Masson, d'après Courbet, très jeune (1842) pour le volume de Th. Silvestre. Baudelaire en dandy, avec chapeau haut de forme, large habit noir boutonné jusqu'au dessus des hanches. (V. Crépet p. xxxii, note 1.)

* * *

M. Hugues Rebell possède un moulage en plâtre d'une tête de Ch. Baudelaire, œuvre de toute vérité et frappante comme caractère intime.

Annonay, (Ardèche) — Imp. J. ROYER.

www.ingramcontent.com/pod-product-compliance
Lightning Source LLC
LaVergne TN
LVHW012012220826
846092LV00001B/328

* 9 7 8 2 3 2 9 7 7 3 5 2 0 *